유쾌한 회전목마의 서랍

박성현 시집

문예중앙시선
56

유쾌한 회전목마의 서랍

박성현 시집

문예
중앙

시인의 말

그때마다 그는, 팔꿈치에서 손이 떨어져 나가는 기분이 들었다.

아주 익숙한 곳에서 느끼는 섬뜩한 감정의 이물,

그러나 시선은 이미 정류장의 탁한 공기 바깥에 고정된 채,

침묵 속으로 빨려들고 있다.

차 례

2부

3부

4부

5부

□ 한 연이 첫 번째 행에서 시작될 때는 〉로 표시합니다.

1부

하루

주먹을 쥘 때마다 심장이 터졌다 늦은 밥은 식어서 따뜻했다 구부리고 펼치다가 잘게 부숴다

방향도 없이, 드물게 움직였다

회색의 식탁

저녁이 맹렬하게 쏟아졌다 코를 중심으로 뚜렷한 굴곡을 갖춘 얼굴들이 식탁에 앉았다 음식을 씹거나 TV를 본다 *이런 어둠은 처음이지?* 모든 얼굴들이 춘자를 쳐다보다가 묵묵히 고개를 숙였다

먼지가 겹겹이 쌓인 물병자리가 커튼에 가려진다

사과의 회전

사과를 씹는다 개가 앉아 당신을 쳐다본다 사과를 씹으면서 개의 목덜미를 만지는 얼굴은 어제의 당신과 똑같다 어제의 나도 사과를 씹으며, 당신을 쳐다보는 개의 목덜미에 손을 얹는다 일정한 간격을 두고 낮과 밤의 밝은 주황이 점멸한다 악기들은 꿈을 꾸며 격렬하게 소리를 낸다 스튜디오는 북촌 방향으로 휘어지고 시간은 같은 자리를 반복한다 사과를 움켜쥔 손가락은 사과가 회전하는 방식 짓무른 날씨는 오후의 햇볕 속으로 들어간다 우리는 이름을 모르면서도 서로를 안다고 믿는다 당신은 벤치에 앉아 간단한 사과를 씹는다 개가 앉아 물끄러미 나를 쳐다본다 어제부터 당신의 웃음은 사과의 이빨자국처럼 뚜렷하게 입에 걸려 있다 여름이 지날 때까지 그렇게 걸려 있다 신체의 일부를 강탈당한 채 사과는 어제의 개를 쳐다본다

리옹에서 하룻밤

여자는 딱딱해진 빵을 일정한 크기로 잘라 접시에 담는다

버터가 묻은 나이프 옆에는 잘 익은 오렌지가 기울어져 있다 굴러가다 잠시 멈추었다

팔꿈치가 닳아버린 스웨터를 만지작거리며 여자는 녹나무 이파리 속으로 스며든다

그때, 윗입술에 설탕이 묻어 있다고 남자가 말한다 눈꺼풀이 천천히 닫히고

여자는 어두컴컴한 기록물 보관소에서 식어버린 혓바닥을 꺼낸다

하룻밤 만에 시꺼멓게 타버린 북쪽 해변 모래 숲에는, 아직도 눈사람들이 녹고 있을까

죽은 손끝을 들자, 남자의 손이 느릿느릿 따라 올라왔다

여배우의 외출

식탁에 늙지 않는 것들이 차려져 있다 오직 닉스*만이 그 맛의 비밀을 안다

혀끝에서 말벌이 꿈틀거리면 프로작**이 일을 시작했다는 뜻이다

죽은 자는 사진 속에서만 표정을 짓는다 사랑을 고백하는 늙은이는 여전히 히아신스를 들고 있다

그러나 누군가를 아무런 희망 없이 사랑하는 것은 불가능하다***

나쁘게 말하려고 한때 춘자를 연기했던 여배우는 현기증을 집중시킨다

촬영을 끝내고 돌아오는 길에 경비행기가 추락한다 시나리오는 여기서 끝난다

* 그리스 신화에 등장하는 밤의 여신.
** 항 우울제의 일종.
*** "누군가를 아무 희망 없이 사랑하는 사람만이 그 사람을 제대로 안다" 발터 벤야민, 『일방통행로』 중에서.

녹의 시간

굶주린 짐승들이 지나갔다 작은 발자국들은 깊고 빠르며 진하게 흩어졌다

유리 조각이 박힌 담장은 석회가 흐르는 도랑으로 물끄러미 기운다

담장을 넘어온 바람의 사금파리가 지도에 흩어진다 바람은 가장 오래된 지구의 울음,

등고선을 지우면 그곳이 우체국이다 젖은 재의 몽롱한 냄새* 속에서

검정 숄을 두른 여자가 쪼그려 앉아 있다 녹이 낀 대문이 열리자 황급히 사라졌다

* 제임스 조이스, 『율리시스』.

두 사람

자크,
나는 우리가 어디를 가는지 아는 게
*겁이 나는구나**

셔터 속에 들어온 것은 황무지뿐이다

자크는 등을 곧게 펴고 앉아 있다가 손바닥을 흔들었다 어깨 밑이 바스락거렸다

자물쇠가 채워진 트렁크 위에 지도를 펼쳤다 달과 언덕은 여전히 이차원의 가장자리

낮도 밤도 아닌 종소리가, 낮도 밤도 아닌 두 사람 귓속을 울렸다

첨탑에 걸린 것은 구름이고, 언덕 너머 묘지로 향하다 잠시 멈춰 있다

갈고리 모양으로 휘어진 자크의 옆얼굴이 어둡고 텅 빈 무대 끝을 바라본다

* 밀란 쿤데라의 희곡「자크와 그의 주인」.

저녁의 먼 곳

여자는 시장에서 사온 훈제연어를 접시에 담고, 남자는 질문을 하며, 소년은 그림책을 넘긴다

유화처럼 손끝으로 눌러 그린 연어의 주황이 낡은 접시에 붙어 있다

저녁마다 항상 연어를 먹어야 하는 까닭을 묻자, 여자는 식탁에 놓인 짧은 햇빛을 서둘러 좇아낸다

소년은 그림책을 덮고 그림이 역겹다고 또박또박 말한다 똑같은 고기들이 똑같은 표정을 하고

식탁에 앉아 있는 이야기의 중간이다 그림책에서 여자가 나오면서 헝클어진 머리카락을 쓸어 올린다

왼손에 매달린 머리통에서 입술이 튀어나와 길게 찢어진다 모처럼 웃는 것이다

연민

좁은 문을 열면 우체국이다

여자는 계단을 내려가다 멈추고 한동안 서 있다가 몸을 돌려 다시 올라간다

두 개의 호수 사이에
숨 막힐 듯 고여 있는

밤**과** 낮

*

여자는 아파트 난간에 앉아 뒤엉킨 철로를 바라보다가 가끔 흰 이를 드러내며 웃는다

아주 **가끔** 바람이 불고
여자는 붉은 머리카락 속으로 스며든다

〉

*

길고 긴 화물 열차가 멈춰 있다가 움직인다

경적이 짧게 두 번, 길게 한 번 울리고 서서히 멀어지다가 골목 끝에서 완전히 사라진다 여자는 웃으며 낡은 트랜지스터라디오가 하루 종일 틀어대는 밤을 흥얼거린다

느릿느릿 라자즈*에 맞춰 흘러내리는
여자의 살과 뼈

*

더러운 얼룩이 덕지덕지 붙은 고양이 한 마리가 우두커니 철로를 내려다본다 여자는 난간에 앉아 누구도 부른 적 없는 라자즈를 흥얼거린다 응고된 피처럼 탁한 경적을 울리며

〉

여자는

봄이 늙기 전에 떠나기로 작정한다

한 번도 본적 없는

밤과 낮이

서로 다르게 흘러간다

* 프로그레시브 그룹 Camel의 1999년 앨범. rajaz는 '낙타가 사막을 걷는 리듬에 맞춰 시를 낭송한다'는 뜻.

아직도 빗물이 흘러내리는 우산과 알렙이 앉았던 의자

손등에 물방울이 떨어진다 나선형 계단을 내려가면 긴 의자가 있다 밤과 낮이 마주앉아 사라진 '밤'과 '낮'에 대해 얘기한다 우리는 그것을 죽은 자들의 허기라 부른다

*

30년 동안 바다를 찾아다니며 시간과 장소가 사라진 '바다'를 찍었던 히로시 스기모토*는 조용히 소파에 박혀 늙어가는 남자를 쳐다본다:

*지금부터 당신 이름은 알렙**이야*
다른 이름은 필요없어

*

호두처럼 딱딱한 코를 중심으로 위쪽에는 무거운 근시가, 아래쪽에는 느린 웃음이 붙어 있다 그는 진통제가 든 박스를 집요하게 만지면서 벽시계를 본다

〉

사라진 낮은 밤의 공백이다

*

두 시에 멈춘 의자는 여전히 정류장에 있다 그리고 빗속을 헤엄치는 물고기는 한없이 주황에 가까워진다

*

초인종을 눌렀을 때, 그는 무대를 약진하는 무용수와 악수를 나누거나 사과를 씹으며 맥주를 마시거나 망가진 우산을 애써 접는 시늉을 한다 알렙이 앉았던 의자에 아직도 빗물이 흘러내린다, 고 나는 다시 말한다

* 일본의 사진작가.

** 보르헤스 단편소설 「알렙」 참고. 알렙은 우주 만물과 모든 시간을 축소하지 않고 3cm에 담은 구슬이다.

식물의 서쪽

식물이 창백한 표정을 짓는다

저 식물의 잎에 그 잎만큼의 넓이로 알몸을 비볐던 바람이 가만히 멈추어 그 표정의 안쪽을 살펴본다

비어 있으므로, 서쪽은 그늘이다 그늘의 호수다

사람이 걸어가고 호수가 뒤척인다 발자국이 뒤엉켜 반쯤 넋 나간 얼굴로 무딘 무릎을 세우고 있다

사람의 뒤에서 문이 닫힌다 햇빛 쏟아지는 창문으로 식물이 기울어진다

그늘이 오그라들며 호두처럼 단단해진다

식물의 고단한 오후가 드나들던 서쪽은 무자위*가 멈추는 순간이다

사람의 입술이 석류의 그것처럼 툭, 벌어진다

* 수차.

잎 없는 나무는 혀가 없는 입으로

귀가 열리는 곳에 마음이 있다는 말은 믿지 않았다 바람은 아무 때나 젖은 손을 내밀어 꽃을 움켜쥐었고, 우악스러운 악력握力으로 목을 잘라냈다 무기력하게 떨어지는 기척들—꽃의 잘려버린 반생이 저기 서늘한 그늘에 얹혀 있는 것이다 한 잎 뒤척일 때마다 꽃은 살기를 흘려보냈다 바람은 더욱 사나워졌다 떠밀려 가는 군중은 아무런 의심 없이 낯의 안개 속으로 들어갔다 면도날과 거품 사이로 슬그머니 끼어드는 왼손, 그늘에 서서히 밀려나버린 햇빛, 그리고 표정을 숨긴 채 엉망으로 취해버린 나무들이 뒤죽박죽 섞였다 시청 쪽으로 가는 길에 혀 없는 입이 먼지 더께처럼 풀썩 주저앉았다

2부

호텔 캘리포니아

그녀는 한적한 시골 다리를 건넜다
호텔 로비에서 여권을 보여주고 승강기 버튼을
눌렀을 때, 갑자기 귓속에서 춘자들이
미친 듯 날뛰기 시작했다 아이스넵이 친구가
되고 싶어 한다는 광고문자 때문이다
타인과 무관한 삶이란 고장 난 변기와 같을까
그녀는 잘 익은 고깃덩어리처럼 웃었고,
한 번도 묵지 않았던 방이 죽도록 지루해졌다

현기증

지금, 여자는 가벼워지고 있다 끓는 물처럼 타오르며 통증보다 더 빠르게 여자는 빛나는 구름 위로 뭉개진 사과를 올려놓는다 스카프를 매고 의자를 차버린다 거울을 보면 모든 것이 시시해져 이것은 악몽의 한때 친절한 접시를 떠나지 못하는 벌레 먹은 빨간 사과의 한가운데 나쁘게 말하면서 여자는 오후 2시의 익숙한 공백 속에서 공백보다도 더 가벼워진다 여자는 낡은 트렁크를 밀며 개찰구를 나간다 여기는 어디쯤일까, 얇은 발목을 긁으며 한없이 가벼워진 목과 머리 사이에 팽팽한 스카프가 팔랑거리고

금요일 밤의 불운

욕조에 더운 물이 가득하다 손목이 둥둥 떠다니다가 잠깐 가라앉는다 뒤집어지고 희고 매끄러운 손바닥이 떠오른다 아침 뉴스에 속보로 뜬 집권당 유력 정치인의 자살은 금요일 밤의 불운일 뿐 춘자는 따뜻한 블랜디를 마시며 뒤죽박죽 엉켜 있는 머리카락을 정리한다 온몸을 더운 물속에 집어넣고 숨을 멈춘다 두 번 더 멈추다가 아예 숨을 쉬지 않기로 작정한다 면도날이 오렌지처럼 둥둥 떠 있는 그녀를 뚫어지게 쳐다본다 그녀는 아직도 욕조 속에 있고 손목의 라벤더 향은 버터처럼 녹아내리기 시작한다 포플러나무 숲으로 까마귀 떼가 몰려간다 바다라 해도 무방한 사선 그리고 맹렬히 끓어오르는 낮의 사라진 냄새들, 춘자를 찾아온 사람들은 이중으로 잠긴 문틈에 슬며시 우편물을 밀어 넣고서는 모두 돌아갔다 금요일 밤의 불운도 그중 한 사람이다

춘자 혹은 비디오 아트

춘자가 총에 맞을 때 그녀는 TV 쇼를 보고 있다는 착각에 빠진다 매춘부이자 급진적 페미니스트 작가인 솔라니스가 그녀를 향해 방아쇠를 당긴 이유는 손에 쥔 아이스크림이 녹아버렸기 때문이다 1968년 6월, 50℃가 넘는 폭염이 북아메리카를 덮쳤다 어제 총알이 위장을 관통할 때 춘자는 애인과 함께 팝콘을 씹으며 TV 쇼를 보고 있었다 솔라니스가 초콜릿 아이스크림을 핥아 먹는 춘자에게 다가가 세 발의 총알을 발사하는 장면이 나오자 그녀는 갑자기 지겨워지기 시작한다 *빌어먹을, 귀여운 힛 걸은 어디 갔지?* 그녀는 채널을 돌리면서 자신을 쏜 리볼버를 국립미술관에 처박아둘 궁리를 한다 며칠 뒤 솔라니스가 총을 쏠 때 춘자는 TV 쇼에서 캠벨 수프 캔이 얼마나 비싼지 떠들어대고 있었다 그녀가 바닥에 고꾸라지자 앤디는 카메라맨들에게 가까이 가서 죽어가는 얼굴을 클로즈업하라고 지시한다*

* 앤디 워홀은 1968년 6월, 급진적 페미니스트 작가인 발레리 솔라니스에게 저격당한다.

죽은 자들의 허기

춘자를 만났을 때 그녀는 15년 전의 빵 한 조각을 기억해낸다 말라버린 햇볕에 감춰진 잘 익은 오렌지색이었어요 건드리면 터질 것 같았죠 광장을 빠르게 가로지르던 사이렌과 날 선 비명이 고딕체의 비탈에서 출렁거리고 재스민 차는 여전히 향기로웠어요

완벽한 연극이란
배우 없는 순수한 연기가 아닐까요

죽은 자들의
허기처럼

그녀는 반쯤 비어버린 혓바닥을 꺼낸다 거대한 녹나무 이파리 속으로 빨려드는 바람 소리와 이미 부서져버린 진흙 인형을 흉내 낸다 마른다는 것은 누군가의 몰입으로 기울어진다는 말이에요

내 심장은

밤의 다른 소리를 듣기 위해
더디게 진동하죠

15년 전에도 춘자는 빵을 씹고 있었다 아스팔트 위의 버려진 오렌지처럼 천천히 무너지는 옛날의 노래 표정을 가린 두 시간 전의 골목과 느닷없이 튀어나온 개 한 마리가 어둠을 향해 짖고 있는, 저 가파른 비대칭에서 그녀는

기억을 몇 겹으로 감싼다
아주 멀리서 분명한 웃음이 걸어온다

춘자의 감정

춘자는 사이클을 타고 공원으로 향했다 여유 있는 아침이고 유화의 주황처럼 웃음이 입에 덧칠되어 있었다 그녀는 바로 몇 분 전에 몇 조각의 치즈와 빵을 접시에 담았다 색깔을 잘 골랐다는 목소리가 라디오에서 흘러나왔다 녹이 낀 청동 흉상을 지날 때

갑자기 어둡고 가파르며 무더운 날씨가 춘자의 좁은 발목에 파고드는 것을 느낀다 일주일 전, 그녀가 삼켰던 한 통의 수면제가 오히려 위를 깨끗하게 씻은 후에 시작된 감정의 나선 **그때** 사이클 한 대가 사선으로 휘어지며 그녀의 옆구리를 스쳤다 치즈와 빵, 미지근한 물이 담긴 빨간 주전자가 머릿속에서 튕겨져 나갔다

버스는 아직 늦지 않았지만
이미 버스에서 내린 춘자는

아주 무거운 머리 밑으로 흐느적거리는 두 팔을 본다 밤샘 작업 후의 치명적인 아침이다 느리고 완만하게 걷는

것은 구두며, 입의 중앙에 침이 말라 있었다 그녀는 막다른 골목까지 와서 멈췄다 그리고 몇 걸음 더 가서 고양이를 쓰다듬었다 고양이 가장자리에는 아직 쓸쓸한 밤이 붙어 있다 먹다 남은 치즈가 수납장 위에 있고,

*

빨간 주전자는 아직도 끓고 있다 라디오는 색을 잘 골랐다고 경쾌하게 지껄였다 창밖 공원에서 모르는 사람들이 샌드위치와 커피를 옆에 두고 이야기를 나눈다 초록의 한쪽이 텅 비면서 햇볕을 쏟아냈다 그들 중 셋은 모르는 사람이지만 웃음을 향해 표정을 집중했다

춘자의 구경

내가 여기 온 것은 환상에서 벗어나도록 당신이
날 도와주길 바랐기 때문이었어요[*]

다시 이야기할게요: 빨간 매니큐어를 칠하며 춘자가 웃는다 면도날로 그은 듯 수직으로 쏟아지는 햇빛이었죠 양철 지붕을 올려다보던 그녀는 달궈진 혓바닥에 말벌들을 잡아두고, 스멀스멀 녹아내리는 밀랍의 박하 향을 핥았어요 그 옆에서 늙은이들이 비둘기를 손질하다 말고 주머니에서 말린 쥐나 눈알 없는 인형을 꺼냈죠 헤베[**]가 쉴 새 없이 춤을 추는 식탁에서 춤추는 헤베의 식탁에서 이 이야기는 말이죠

악몽의 내장 같은 것이에요

*

호각을 불면 저녁이 몰려온다 해시시를 태우며 바라나시로 가던 춘자는 배낭에서 구겨진 날개를 꺼냈다 나의 죄는 몰락에 관대한 것뿐이다 악몽의 내장 같은 이야기를 밤낮없이 지껄이면서 춤을 추고 춤을 멈추고 춤을 뱉어낸다

*

다시 시작할게요: 해안에는 온통 나방이 파닥이고 있었어요 검은 날개를 밟으며 밤은 사라지고 춘자는 휘장처럼 흘러내리는 적막의 *A Vague Look*[***]을 반복해서 흥얼거렸죠 회전목마를 타는 늙은이처럼 밤은 나타났다 사라지고

몰락을 선택한 춘자의 한없이 차가운 침대에서
헤베가 불경스럽게 헐떡인다

*

밤은 사라지고 호텔이 나타난다 두 대의 캐딜락이 짙은 안개에 잘려 있다 이태원 바리나시에서 우리는 밤새 이야기를 하고 있었죠 그때 춘자는 자신의 목소리에 몰입하며 손톱을 물어뜯었어요 벽을 덮은 거울에서 온통 빨강으로 덧칠된 숲

이 흔들렸죠 앙상한 나무들은 이빨에 낀
깃털을 쑤셔댔어요 나선형의 계단을 내려
오는 주인은 말린 쥐처럼 입술을 뾰족하
게 만들고는 나가라고 강요했는데 춘자는
식욕이 없다고 말했죠 이런 날에 웃음은
식은 피자처럼 딱딱할 뿐이에요

*

벌레가 스멀스멀 기어오르는
바리나시 숲의 벽,

밤에서 낮까지 습관적으로
악몽을 씹어대는 춘자
춘자를 보며 중얼거리는 춘자

의 오래전

〉

*

밤낮으로 쉴 새 없이 지껄여야 하는

이 이야기는 말이죠 악몽의 싱싱한 내장,

'춘자의 구경' 같은 거예요

* 토마스 핀천, 『제49호 품목의 경매』 중에서.

** 청춘의 여신. 제우스와 헤라의 딸이다.

*** The Last Days의 〈When the Tomorrow is a Grey Day〉(2010).

춘자의 유혹

어느 길고 긴 여름밤,

춘자는 파티에 갔다가 오는 길에 춘자에 들른다

어두컴컴한 형광등 아래,

사람들이 춘자와 무관하게 앉아 있다

*

얼룩이 잔뜩 묻은 테이블에 차가운 맥주가 있고,

노란 거품 속에서 지구가

춘자와 무관한 채 빠르게 회전한다

욕조에 묻은 피는 닦았니?

내버려두세요

알아서 말라버릴 거예요

*

〉

구석에 앉은 남자 둘이 잔을 치켜들고 춘자를 부른다 갑자기 춘자는, 여름밤의 춘자를 점령한 만다린[*]을 맡는다 그녀 역시 가운데 손가락을 치켜들며, 입 속의 두툼한 지느러미를 팔락거린다 차가운 맥주 속에서 춘자는 지난 세기의 흙[**]을 쏟아낸다

춘자의 냄새가 그녀와 무관하게 휘발한다

*

유혹은 냄새의 강렬함이다 유혹은 끊임없이 먹는다 유혹은, 밤이 사라진 극지방처럼 육체의 어둠을 빼앗아버린다 남자들은 가볍게 손을 치켜들고 춘자를 가리켰다 단지 맥주 대신 춘자를 마시기 위해 그러므로 춘자의 여름밤에서 춘자는 또 한 번 죽어야 한다

*

〉

춘자는 주크박스에 동전을 마구 쑤셔 넣지만, 불쾌한 감정은 사라지지 않는다 그녀는 태양계 끝까지 날아간 것 같았다 거기서 나는 무엇을 보게 될까 어느 길고 긴 여름 밤이다 나는 지난 세기의 흙을 쏟아내기 위해

춘자가 있는 골목으로 간다

* 귤의 강렬한 향.
** 파스칼 키냐르, "인간은 지난 세기에서 파낸 흙이다".

춘자의 의견

저녁이 멀지 않은 시간:

얼굴이 붉은 춘자는
우두커니 앉아 미지근한 맥주를 마신다

빈 상자처럼
꿈의 깊은 곳에서 느리게

아주 느리게

*

햇볕이 커튼 사이로 들이칠 때마다 누런 얼굴들이 떠다닌다 춘자는 입을 벌리고 갈비뼈를 허파 속에 구겨 넣는다 인쇄된 페이지는 접혀 있고 그것은 밤에 대해 질문하는 목소리다

토르소*처럼

목과 팔을 감금당한 채 발가벗겨지는

춘자의 11시

*

더러워진 접시를 치우는 춘자, TV를 켰다 끄는 춘자, 계단을 타고 미끄러지는 춘자, 활강하는 춘자, 소변을 보는 춘자, 과월호 잡지를 뒤적거리는 춘자와

무관한 춘자는 중얼거린다; *이름이 뭐니?*

*

다시 저녁이 멀지 않은 시간:

춘자는 공원 입구에 우두커니 앉아 있는 춘자에게 검은 바람이 찾아왔다고 말한다 춘자는 손바닥을 뒤집다가 물

끄러미 춘자를 본다 누런 얼굴에 어둠이 스며들고, 마르고 볼품없는 짐승들이 맹렬히 짖어댄다

혼자 있는 11시 방향

춘자는 입구를 떠나지 못하는 춘자를
비스듬히 내려 본다

죽은 맨드라미처럼 춘자의 목각 인형이
혀를 길게 내밀고 있다: *아무도 없어, 여기엔*

*

사물함을 열었다가
다시 닫았을 때 춘자는 지구의 반이
사라진 기분이 든다

*

〉

저녁이 멀지 않은 시간:

춘자는 다시 비밀번호를 입력한다 춘자가 움직인다 움직이는 춘자는 의자에 앉아 미지근한 맥주를 마신다 움직이는 춘자는 한 가닥 햇빛도 싫어 커튼을 닫는다

커튼 뒤에 춘자가 있고, 그녀는 춘자를 보면서 깔깔깔 웃는다 그녀는 뒤통수에서 두 개의 수족관을 발견하고, 가려운 허기를 느낀다 웃으면서 춘자에게 묻는다; *이름이 뭐니?*

도대체 넌 이름이 뭐니?

*

우연이지만, 춘자는
춘자의 마리오네트**를 조종하는 기분이 든다

〉

춘자는 이 끝없이 반복되는 인형극을

춘자의 의견이라 이름 붙인다

* 목이나 팔과 다리 등이 없는 조각.

** 인형의 관절에 실을 묶고, 사람이 위에서 조종한다.

정오가 지난 동물원

창을 등지고 여자가 앉아 있다

등을 구부리고 흰 양말을 신는 중인데 어깨 위로 햇볕이 파르르 떨리고 있다

이와 무관하게
식탁 위의 치즈는 아주 천천히 구부러지며

시간을 단단히 뭉친다

*

드문드문 반짝이는 창을 등지고 다시 여자가 앉아 있다 등을 구부리고 양말을 신다가 어깨에 닿는 마른 햇볕을 툭툭 털어낸다 커튼을 닫고 식탁으로 가 가족사진을 덮어버린다

변기에 우두커니 앉아 있다가

아직 몸속에 남아 있는 몇 개의 명랑을 꺼내 읽는다

도마 위 생선처럼
냄새만 홀연한 화장기 짙은 명랑

*

여자는 창을 등지고 앉아 있다가, 같은 트랙을 반복하는 CD를 꺼내 창밖으로 던져버린다 햇빛이 들쑤셔놓은 마당에 빨래가 서둘러 익고 핑크 문*은 돌 틈에서 수줍게 반짝인다 11번 국도를 달리는 상상을 하면서 신발장에서 붉은 샌들을 꺼내 트렁크에 쑤셔 넣었지만

눈과 귀는 가장 먼저 늙어버린다
눈과 귀는 가장 먼저 달아난다

*

〉

이 불행한 편지가 왜 거기 있죠? 주인은 누구죠? (L은 항상 그렇게 묻는다) '주인'이라면 쓴 사람인가요? 수취인인가요? 아무렴 어때. 어제는 콘돔처럼 투명한 성당에서, 바싹 마른 분홍을 봤어요 가늘게 휘어지는 휘파람이 거기서 새어 나오더라고요 웃기죠? (L은 항상 시시한 표정을 짓는다) 웃지 마세요 고해할 때는 웃는 게 아녜요 나는 동물원에서 가방과 시계를 잃어버렸어요 아마 정오가 지난 시간일 텐데 그때 아이들과 함께 풍선을 불고 있었죠 물론 행복한 표정으로. 기린이 살아 있다는 게 끔찍했지만 TV에서나 보던 짐승들이 우리에서 졸고 있다는 게 더 지겨웠지만…… 나는 산소호

흡기를 습관적으로 달고 있어야 해요 (L은 항상 눈을 굳게 닫고 있다) 말하자면, 한없이 관대한 척하는 늙은 여왕 같은

*

문을 열었을 때는 이미 정오가 지난 뒤였다 계단을 성큼성큼 내려간다 색깔 없는 나무들이 귓속에서 웅성거린다 여자는 멈추고 천천히 휘어진다 아주 높이 달린 창을 등지고

여자가 앉아 있다 햇빛이 분명할수록, 흰 티셔츠에 찍힌 세로줄 창살 무늬는 깊고 단단하다 안개를 걷어도 새장은 남아 있다 더디게 자라는 손톱 밑에 무겁고 싸늘한 바닥이 파고든다 여자는 가만히 왼쪽 뺨을 돌려 눈꺼풀 속에 박힌

〉

가시를 빼기는 어렵지 않아요
난 오늘 아침까지도 당신의 후렴을 하나도 빠짐없이 불렀죠
우주라는 거대한 무덤에서 폭발해버린 지구처럼
산산조각 난 얼룩을 이어 붙이며

*

자신과 무관하게
언제나 자신을 생략하며

여자는
아주 천천히 뭉개지고 있다

* 닉 드레이크.

빛의 모서리

저녁이 오기를 기다리면서

정류장에 앉아 나는 두 가지 이미지를 상상한다 하나는 당신의 젖가슴 아래 붉은 반점이고 다른 하나는 맥도날드가 새로 만든 '시그니처 버거'의 기묘한 복고풍이다

유리문 앞에서 풍선을 든 남자아이가 엄마 품을 벗어나려고 안간힘을 쓴다

*

모서리 저편에서 물고기들이 파닥거렸다

*

모서리는 희거나 검고 가볍거나 단단하다 혀를 깊숙이 밀어 넣을 때마다 목구멍에서 흰 사각형이 쏟아졌다 271번 버스가 연남동을 지나 홍대로 꺾어지고 합정역에서는

열한 명의 사람들이 내렸다 당신도 그중 한 사람이었다

*

우산을 펼치자
숨어 있던 햇볕이 후드득 떨어졌다

대리석 무늬처럼 행간이 깊게 패였다

우리의 비극은
어미를 잃은 새들이 함부로 버려진다는 것이다

*

가끔, 죽은 새들이 무릎을 접어 모서리를 꺼낸다

석면가루가 휘날리는 비탈에는 벚나무가 발가벗고 있다
트럭이 간신히 올라왔을 때 골목은 야구공처럼 구겨졌다

*

움켜쥔 조개는 단단한 껍데기를 벌리고 서둘러 굵은 모래를 토해냈다

오로지 잊어버리기 위해서 빈 악보는 격렬하게 운다

*

당신을 둘러싼 빛의 폭우……
내가 당신을 처음 본 골목 저편에서 모서리가 부서졌다

천천히, 반복해서 부서졌다

바다 끝 바다 저편, 롤러코스터

춘자가

롤러코스터를 타고 있다

이른 여름에서 늦은 봄까지

새파란 수술대 위를 둥둥 떠다니는 기분이었다고

기록한다

*

춘자는

지금 급강하한다

솟아오르다

360도 회전하면서

빠르게 더 빠르게

*

가끔 입술을 오므리고
휘파람을 불었지만 한 줌 바람도

아찔한 폭풍으로 돌변하는
춘자의 한여름 밤

*

우울과 수면제는 항상 주머니에 숨어 있다

*

비에 흠뻑 젖은 채 스위치를 켜면 뼈 속 깊이 전기가 흘렀다 밤마다 수사슴 가죽을 산 채로 벗겨버리는 환상이 그녀를 엄습한다 벌레들을 손톱으로 터트리면서 춘자는 잠을 쫓아내지만 바닥에는 현기증이 툭, 툭 떨어진다 그리

고 어둠 속에서 춘자가 속삭인다:

—주머니에서 싱싱한 햇볕을 꺼내야지

*

스크린에 불이 켜질 때마다 생각이 멈춰버려요 나는 쏟아지는 물처럼 잠을 잘 수 없어요 없는 장소들이 불쑥불쑥 유령처럼 나타나요 이 비극이 끝나도 관객들은 다른 비극을 위해 표를 끊겠지요 롤러코스터는 매일 밤 나를 태우고 바다 끝 바다 저편으로 달려가요 우울이란 소유할 수 없는 슬픔 끝내 다다르지 못하는 수평선 바다 끝 바다 저편에서 타오르다 가파르게 식어버린……

*

손목에서 잃어버린 손목이 튀어나와 썩어가는 열매와

집요한 냄새를 움켜쥔다 춘자는 자주 '몰락'이라 불렀다 스위치를 올리면 롤러코스터가 움직이고 하루하루는 즐겁게 죽어간다

가까운 곳의 정류장은 폐쇄된 지 오래
갈 곳 없는 춘자의

맹렬한 바다 끝 바다 저편

춘자들

*너희들은 서로 훌륭하게 연기했다**

배우들이 춘자를 연기하기 전,
모자를 쓴 토끼가 무대 중앙으로 뛰어간다

*—거긴 지금 몇 시니?***

무대에서 춘자들은:

메마른 분수대에 앉아 미지근한 맥주 캔을 마시거나 격렬하게 날아가는 비둘기를 좇는다 일회용품처럼 반짝이는 햇볕에는 아직 피지 않은 춘자가 있다 먼지가 쌓인 책처럼

아무도 읽지 못한 춘자, 시청으로 진입하는 1호선에서 나방은 반으로 접혀 있다 소파에 앉아 물끄러미 저녁을 기다리는 춘자, 갑자기 일어나 춘자는 나방을 짓이겨버린다 춘자는 나쁘게 말하고 더 나쁘게 침묵한다

—거긴 지금 몇 시니?

〉

시끄럽고 무례한 춘자와 모자를 버린 춘자, 손을 잡고 걸어가는 춘자, 붉은 생선은 먹지 않는다고 또박또박 말대꾸하는 춘자 납과 철사를 구겨서 만든 춘자 침대에 숨어 혼자 키득거리는

춘자의 머릿속에서 춘자**들**이 속삭인다 아주 멀리서 불쑥불쑥 나타나는 흔해 빠진 춘자의 오후 4시, 혼자 있는 식탁에서 춘자는 모자를 벗고 공중전화 부스를 불러낸다 미지근한 맥주를 들고 춘자가 걸어온다 *거긴 지금 몇 시니?*

셔터를 누르자 춘자는,
춘자**들** 속으로
느릿느릿 들어간다

* 페터 한트케, 『관객모독』 중에서.
** 차이밍량 감독의 2001년 작 〈What Time is it there?〉.

C의 때늦은 저녁 식사

춘자가 C에게 전화를 했을 때;

그는 그녀가 이렇게 말할 것이라 예상했다
; 당신 소설의 등장인물이 되고 싶어요*

마침 C는
'덫'에 관한 소설을 구상하고 있다고 말한다

*

공중전화 부스를 점거하고 1년 동안 거기서 보내 잠은 아무데서나 자도 돼 (웃음) 그리고 하루의 정해진 시간에 부스를 촬영해 그게 규칙의 전부야 부스가 당신의 지구인 거지 (웃음)

*

C는

매일 전송되는 사진을 인화해 벽에 붙인다

1개의 부스가 있고

그것은
365개의 시간으로 찢어진다

*

춘자가 C에게 전화를 했을 때;

오늘 신문을 보니
랭카셔 블랙번에는 4천 개의
덫이 있다는 거예요[**]

덫으로 만들어진 은빛 자궁
폭풍 한가운데를 지나는 강렬한 구멍

〉

그리고, 체르노빌

그 빌어먹을 악몽을 상상했어요

*

한 걸음만 더 가면, 당신이 보이지 않을 것이다

(라고 C는 쓴다)

바람과 숲이 만나는 곳에서 두 손이 얼어버린 당신 아직 나뭇잎은 땅에 닿지 않고, 그물처럼 뒤엉킨 나뭇가지는 무성한 초록을 내뿜는다

귀에 익숙한 자장가가 끊길 때마다,

당신은 격렬하게 삐걱거린다

작동을 멈춘 거대한 풍차처럼 삐걱거린다

*

〉

춘자가 C에게 전화를 했을 때;

그녀는 갑자기,
횡단보도에서 신호를 기다리다
정말로 '갑자기'
프루스트를 못 읽고 죽으면 억울할 거라고 생각한다

푸짐하게 살찌면서
어느덧 시계는 오후 4시

셔터를 누를 시간

*

어느 날, 춘자는
공중전화 부스에 양귀비꽃을 심는다
주사위를 던지거나 그림자와 함께
가벼운 춤을 추거나,

저녁이면 주인 잃은 개처럼 줄곧 짖어댄다

그렇게

나는 여기서 잘 자라고 있어요

묵주처럼, 한결같이

빙빙 돌며

*

춘자가 C에게 전화를 했을 때;

그녀가 있어야 할 자리에는

아직 오렌지색 햇볕이 따뜻하다

설탕 속에서 녹고 있을 춘자를 생각하며

C는 반쯤 남은 포도주 병을 들이킨다

입술을 핥으며 자리에서 일어선 C는

자신을 둘러싼 그늘과

그늘의 예민한 촉수를 둘러본다

무대의 커튼이 걷히고

거울 앞에서 춘자는 소설의 제목을 묻는다
C는 「쥐덫」이라고 말한다; *기막힌 비유지 이 소설은 비엔나에서 있었던 살인을 본뜬 거야****

*

그런데, 왜 춘자였어요?
더 달콤하고 거친,
*도미니크 스웨인 춘자나 럼 텀 터거 춘자 같은 우아하고 되바라진 이름은 없었나요?*****

거미줄로 뒤엉킨 모든 눈을 덫이라 부른다면,
당신은 이미 나와 공모하고 있는 거야
세상은 그것을 예정된 몰락이라고 부르지

〉

*

춘자가 C에게 전화를 했을 때;

그녀는
단단하게 박혀 있는 가구들이
더 어두운 곳을 향해
고개를 돌리는 것을 본다

그러니, 춘자
오늘 밤에는 도둑처럼 늙어버린 아이들과 함께
검은 옷을 입어야 한다

*

춘자가 C에게 전화를 했을 때;

C는 비스듬히 서서 창밖의 부스를 내려다본다

〉

366번째 춘자가,
풍선껌을 씹으며 셔터를 누르고 있다

* 소피 칼은 폴 오스터에게 허구의 인물을 창조해 달라고 부탁하며 1년을 그 인물로 살겠다고 제안한다.『뉴욕이야기』참고.

** 비틀즈, 〈A Day in the Life〉. 원 가사는 '덫'이 아니라 '구멍'이다.

*** 세익스피어「햄릿」원작에는 '소설'이 아닌 '극'으로 표기되어 있다. 왕은 햄릿에게 자신을 조롱하는 극의 제목을 묻는다.

**** 도미니크 스웨인, 영화「로리타」에서 로리타 역을 맡은 여배우 럼 텀 터거, 뮤지컬「캣츠」의 반항아 고양이.

하드보일드 나다

나다*가 입을 벌리자 크고 작은 물고기들이 쏟아진다
나다는 머리를 거꾸로 처박고 양탄자, 가죽 구두, 세발자전거, 군용 건전지를 토한다
더 이상 나올 게 없다고 생각하지만, 식도 어디쯤에 커다란 관이 하나 박혀 있다
나다는 겁에 질려 있다 도시 전체를 뱉어야 할지 모른다
나다는 안주머니에서 사진을 꺼내고, 나다에게 자신을 증명한다
이 건물의 출구는 모두 막혀 있다
나다는 다시 나다에게 말한다; *어떤 춤을 출까?*
나다는 흰 장갑을 낀 그림자를 보며, 입 속에서 간신히 빨간색 지붕과 안테나, 그리고 안테나 줄에 걸린 까마귀를 토하기 시작한다
나다는 그제야 깔깔대고 웃는다
나다는 사무실로 돌아가 서류 뭉치가 쌓인 책상 앞에 앉는다
회전의자가 밤낮없이 빙그르르 돌고 있다
나다는 의자에 앉는 나다를 보면서, 아까보다 크게, 더

크게 깔깔대며 웃는다

* nada: 스페인어로 '아무것도 없음'이라는 뜻.

초콜릿 상자를 들고 가는 춘자의 너무 느린 나선형

어느 날 오후

초콜릿 상자를 들고 가던 춘자는 시장 모퉁이를 돌자마자 그 자리에 멈춰 선다.

안락의자에 깊숙이 웅크린 노파, 잘 익은 생선처럼 웃으며 고양이를 쓰다듬고 있었는데 고양이는 얼굴이 반쯤 잘렸고 은회색의 느린 표정을 지었다

*

그날 저녁 춘자는
섬세하게 살을 발라내며
생선을 먹는다

익은 눈깔이
부드럽게 춘자를 바라볼 때마다
커튼이 슬그머니 열린다

(뼈만 남은 생선처럼)

누군가 춘자의 살을 발라낸다

*

흰 바탕 위에 흰 사각형*은

냄새가 해체된 자국

뼈와 살을 발라내는 여자는 말이 없다

꾸역꾸역 식사를 하는 동안

저녁의 안락의자는 앞뒤로 흔들린다

구역질나도록 끈질기게

구역질나도록 느리게

*

〉

또 다른 어느 날,

춘자는 시장을 걷다가 나무 상자에 쌓인 사과 덩어리들이 자신을 노려본다는 기분이 든다

순간
발가벗겨지는

춘자의
너무 느린 나선형

*

시장 모퉁이에서 안락의자를 흔드는 춘자는

혼자 조용히 멀리 본다 황폐한 북쪽 해안과 사막의 접경까지 갔다 왔지만

〉

죽은 고양이는

얼굴이 반쯤 잘린 채 여전히 안락의자를 흔들고 있다

초콜릿 상자를 들고 오던

춘자,

희미하게 웃으며 멈춰 선다

* 카지미르 말레비치가 1918년에 그린 추상화. 흰 바탕에 흰 사각형이 비스듬히 걸려 있다.

춘자의 이중생활

초인종 소리, 안 들려요? 문은 열지 마세요 계속할게요 밤마다 겨드랑이에서 더러운 물이 툭, 툭 불거져 나왔어요 말라버린 어항에서 초록색 물고기들이 팔딱거리는 꿈이었죠 **매일 그녀는 편의점에서 손가락과 목소리를 사고 거미줄처럼 얽힌 골목을 돌아 아파트 입구까지 걸어간다** 이력서를 제출한 날부터 지금까지 쭉, 내 몸에서 불쑥불쑥 튀어나오는 이 '습기' 때문에 나는 감자칩처럼 혀에서 툭툭 끊기는 언어장애에 시달리고 있습니다 불안하냐고요? 아닙니다 **동공에는 수많은 검은 털이 박혀 있다** 습기가 없으면 금세 미라가 된 듯했죠 뭐랄까, 습기는 목구멍과 같아요 잠깐 창문 좀 열겠습니다, 미안해요, 말을 많이 하니 입이 바싹 마르네요 **뒤가 잘린 채 뒤는 없다는 듯 혀는 축축한 어둠 속에 묻혀 있다** 문제는, 며칠 전부터 몸이 하나둘씩 없어진다는 거예요 문서를 작성하는데 어깨가 빠져나갔고, 복도에서는 갑자기 무릎이 사라졌어요 TV를 보다가 손가락이 튀어나가는 걸 간신히 붙잡았어요 **그녀는 얼룩이 잔뜩 묻어 있는 소파에 누워 맥주를 마시며 물고기처럼 입을 뻐끔거린다** 이러다간 몸이 수천 개의 각각으로 분해될지도 몰라요 온몸의 털도 안쪽으로 자라 살을 파고드는 겁니다! 그런데 말이죠, 이건 비밀인데요 오늘 아침 현관문을 잠그는데, 문틈으로 '그것'이 보이는 거예요 **초인종을 누른 사람이 누군지 생각하다가, 다시 TV를 보며 바닥에 흘린 살과 뼈를 발로 쓸어 모은다** 가늘고 매끄럽고 섹시했어요 없어진 내 목소리랑 똑같은, 아녜요 며칠 전에 사라진 목소리가 그 입에서 튀어나온 거예요! 아무리 열쇠를 집으려 해도 손가락이 없으니 무기력할 뿐이었죠 편의점에서 다시 목소리를 사고 바로 여기로 왔어요 **그녀의 코는 항상 같은 냄새를 맡았고 표정은 둥글게 말려 있다** 그런 일들이 일어나지 않았다고 거짓말하지 마세요 거울을 보는 순간 앵무새처럼 알록달록한 앤디*를 보는 기분이었다니까요

* 안드로이드 약칭.

나쁜 쪽으로

야근이 끝났지만 아직도 춘자는 복도를 걷는다 얼굴의 반이 복도에 잘린 채 끝없이 이어지고 되돌아오며 다시 사라지는 검정을 따라 춘자는,

밤에서 낮까지 복도를 걷는다 버려진 이면지 같은, 어둠의 모호한 영역—*복도가 없는 쪽으로 아예 복도가 없는* 쪽으로 복도에 반이 잘린 채 춘자는 밤에서 낮까지 길고 무서운 공백에 방치된다 악몽의

더 깊은 악몽, 의 가장 나쁜 밤에서 낮까지 춘자의 걸음은 조금씩 뒤틀린다 발목과 무릎이 복도 속으로 사라지고 얼굴의 반이 잘린 무인카메라는 점점 더 깊어진다

아주 밝은 검정이 춘자의 얼굴에 달라붙는다

지하생활자
—수집가·2

춘자는 입을 다물지 못하고 하루 종일 걷고 있다 모래 시계의 밤과 낮은 동일한 부피,

창문에 검정은 비스듬히 걸려 있다

3부

14

바람이 불고 있습니까
어느 도시에서 불어오고 있습니까
냉기였습니까
냉기의 기묘한 형체였습니까
구석구석 스며든 연기들의 생존 방식은
어느 채널이 독점했습니까
유성이 머리에 쏟아질 확률만큼
안전한 바닥이란 존재할 수 있습니까
공장의 시계는
어느 시간에서 멈춰 있습니까
피로에 찌든 회전목마는
누구를 태우고 돌고 있습니까
카메라에 잡힌 압도적인 가난은
누구의 구경거리입니까
등장인물 없는 연극의 일부입니까
우리는 어디를 향해 돌진하는 총알입니까
서둘러 지문을 지우던 사람들은 누구였습니까
왜 목구멍에는 소리가 없습니까
저 수많은 입들은 얼굴이 있기나 한 것입니까

냄새의 식욕

좁은 골목에 냄새가 자글자글했습니다 바람이 불어오면서 냄새를 쓸어내지만 너무 많습니다 침대는 뭉개졌고 창문 하나 없는 붉고 물렁물렁한 얼굴들은 힘겹게 그르렁거렸죠 *거기 잘 계시나요?* 늙은 아카시아는 마른 비늘을 털며, 꽃들을 잘라냈습니다 꽃을 집으면 꽃은 사라지고 냄새만 남았습니다 고양이가 냄새를 밟으며 걸어 다닙니다 그르렁거리면서 좁은 골목이 사라지고 있습니다

*

냄새가 사라진 고기들이 공장에 걸려 있습니다: 얼굴 없는 고기들의 수직, 냉동실은 아주 가까이 있고 차곡차곡 남자들이 들어갑니다 벽난로처럼 어두운 커튼 뒤에서

나방과 오후 2시가 뒤엉켜

있습니다 *거기 잘 계시나요?*

*

〉

마음이 없는 표정으로 난파된 배들을 생각했습니다 만신창이 빨강은 심장이 있던 곳에서 굳어 있습니다 살기만 남은 냄새였습니다 느닷없이 골목은 구겨지고 냄새는 웃음이 나올 때까지 혓바닥을 깨물었습니다 *거기 잘 계시나요?* 늙은 아카시아는 한참 밑을 내려 보다가 크게 휘청거렸죠 보기 싫은 사진을 태우는 것처럼 한꺼번에 휘발하는 것입니다

방향을 바꾸면

이 도시에서는
누구도 자신의 목숨을 거두지 못한다
수면도 식사도 규칙이므로
그는 오래된 화분처럼 비틀거리며

*

쇼윈도를 서성거린다 사내는 잠깐 자신을 비쳐본다 반쯤 지워진 외투가 그를 우두커니 지켜본다 방치된 얼굴에 늦은 저녁이 내리고 있다 몇 개의 황단보도를 건너고 그때마다 붉은 신호등에 걸린 사람들이 인도를 향해 뛰어간다 그는 자신의 구두를 내려다본다 구두에도 모퉁이가 있다 바닥이 가라앉는다 갑자기 도시가 거대한 유실물 창고처럼 어두워진다 사내는 걸음을 멈춘다 주인 없는 전단지 한 장이 육교 아래로 떨어졌다

*

〉

먼지라 불러야 할 낡은 사진첩의 한 때였습니다 사진은 중력의 반대 방향으로 휘어졌습니다 휘어지면서 시간은 이상한 방식으로 엉겨 붙었습니다 진흙으로 만든 새가 마르면서 쏟아내는 균열 같았습니다

달고 가벼운 것들을 생각했습니다 설탕에 떨어진 피는 흰 알갱이를 녹이고, 뭉치면서 차츰차츰 번져갔습니다 입술을 둥글게 말아 휘파람을 만들고 공기를 움직여 외투를 흔드는 것도 피였습니다 하지만 뒤돌아보는 것은 표정이지 얼굴은 아니었죠

이 방으로 들어온 것들은 다시는 바깥으로 나가지 못했습니다 진공으로 꽉 찬 방이었으니 살과 뼈가 제대로 붙어 있지 않았죠 방향을 바꾸면 무게가 사라졌습니다 무게가 사라지면서 말랑말랑한 소리가 다 빠져나갈 때까지 벽에 걸린 악기는 침묵합니다

느리게 추락하는 달고 가벼운 설탕의 온도 그 우연한

피의 맛은 웃음이라는 단 하나의 자세만 있습니다 어둠 속
을 걸어 다니는 백열등은 죽음의 만조기를 지나왔다고 말
합니다 정체모를 것들에 사로잡혔다는 것입니다

그 말을 듣는 순간 온몸이 가려웠습니다
가려워서 쓸쓸했습니다

액자는 꿈을 꾼다

액자는 붉다
사진은 파랗고 입술은 노랗다
색깔들이 각각의 골목에서

각각의 어둠을 비집고 걸어 나온다
몇 개의 수직은
액자를 벗어나지 못한다

(서두르세요, 문을 닫아야 합니다)

오후 세 시 극장, 말들이 대본을 뒤적거리거나 액자 뒤에 숨어 담배를 피운다 낡은 의자에는 우산과 달착지근한 잉크가 앉아 있다 그들은 용접공이거나 의사, 늦은 밤의 아가씨가 되기도 한다

아무도 이름을 부르지 않았으므로,
우체국은 등장하지 않는다

〉

의자는 발랄하며, 플라스틱 오렌지는 앙상하다 벽은 물렁물렁하고 창문은 후각에만 집중한다 아가미를 힘껏 벌리며 말의 왼쪽이 웃는다 다른 쪽은 어둡다

(문을 닫아야 합니다, 서두르세요)

대본을 씹으면서,
말은 액자의 모서리로 걸어간다

말의 아가미는 붉다
혼자 우두커니 붉다

아주 밝은 주황의 멈춤

폐기물이 쌓인 창고에
수많은 말들이 거꾸로 매달려 있다

리셋이 불가능한 날씨다

*

누가 내다 버린 더러운 솜뭉치로 보였지만 나는 그게 말이라는 것을 단번에 알아차렸지 능청스럽게 입술을 핥는 혓바닥, 기분 좋게 갈라진 코, 무엇보다 그림자의 완벽한 입체는 말 아닌 다른 것을 상상할 수 없게 했네

(보드카 한 잔 마실래요?)

몇 해 전에 죽은 친구가 체스를 두자고 찾아왔네 우리는 각자의 비숍에만 집중했고 창문을 기웃거리는 날씨 따위는 모른 체했지 그때였어 어디서 날아왔는지 손바닥만 한 풍뎅이들이 살덩이를 파고들며 알을 까는 거야 그런데

도 말들이 웃고 있던 이유를 지금도 모르겠어 한 놈이 웃기 시작하다 다른 놈들도 정신없이 따라 웃는 거야 아가리에서 시뻘건 내장이 쏟아지는데도

비숍을 제자리에 두고 나는 잠시 피가 모조리 빠져나간 몸에도 주인이 있을까, 생각했다 내 지루한 친구는 보드카를 쏟아 장화에 묻은 얼룩을 닦고는 집으로 돌아갔다 그때도 내장을 다 파먹은 놈들은 더 진한 냄새를 찾아다니더군 과연, 집요하게 휘어지는 혓바닥이었어

(문은 잠겨 있었나요?)

누군가 커튼 뒤로 사라졌을 뿐이었네 문은 절대로 자신의 부재를 스스로 열지 않아 다행이지 표정이 나타나면 얼굴이 붙어버린다네 다른 수많은 얼굴과 함께, 다닥다닥

*

〉

화단에 귤이 버려져 있다
아주 밝은 주황이
초록 사이에 멈춰 서서 이쪽을 본다

백만 년 전의 날씨가 거기에 있다

고양이, 검정

비와 눈이 오고 있습니다 구름이 길게 휘어져 땅에 닿습니다 골목에 박혀 고양이가 우산을 접었다 펴고 펴다가 접기도 합니다 옥탑방이 고양이를 굽어봅니다 비와 눈은 쓰레기통을 뒤져 비닐봉지를 날립니다 귀신이 붙은 것처럼 입 속에 검정이 가득합니다 저녁에 먹은 뼈가 목구멍에 걸렸습니다

비좁고 끈적끈적한
일인칭 검정은

고양이를 질질 끌고 다닙니다 머리털 나고 제대로 서 있지 못했습니다 갈색 의자에 갈색 수염이 자랍니다 허리를 곧게 폈지만 여전히 웅크린 자세입니다 고양이는 아가미로 공기를 마시고 허파에 물을 담습니다 녹슨 가로등에도 집착합니다

고양이가 누워서 갈색 의자를 쳐다봅니다
만지면 얼룩은 더 커집니다
쓸쓸한 빗자루처럼 일어서지 못합니다

바깥은 자정입니까

여기는 설산입니다:

나무란 나무의 모든 가지에 흰 털이 자라고 있습니다 등나무 밑에는 아무도 가져가지 않는 검정 모자도 있군요 동화책 겉장은 굶주린 짐승처럼 쓸쓸합니다

아무리 봐도 설산입니다:

바람이 지나간 공중에도 흰 털이 덮여 있습니다 공중은 귀를 씻고 바람을 기다립니다 손톱에 피가 맺힌 듯 구름 아래 설산은 다시 숨을 멈춥니다 책장을 넘기는 소리처럼 이파리들이 눈 속으로 스며듭니다 바스락, 바스락 마르고 있습니다 굶주린 별들이

나뭇가지에 앉아 우는 소리입니다:

소년은 두 손에 가득 먹이를 들고 바깥으로 나갑니다 수북이 먹이를 놓고 짐승들을 부릅니다 얼음 숲이 기울어

집니다 소년은 웅크려 앉아 먹이를 씹는 짐승들의 한없이 착한 이빨을 봅니다 소년은 차츰 희미해지면서 별들 속으로 사라집니다 눈 속에서 사라집니다 설산입니다

그런데 여기는 설산일까요?

세이렌이 귓속을 떠다닙니다 오래된 향신료에는 냄새가 머물지 않습니다 아무래도 눈의 바깥입니다

아무도 찾아오지 않는 자정의 바깥입니다

굿바이, 포도밭

어느 날 C는 정원의 포도나무에 수많은 열매가 맺혀 있는 것을 본다 순간 그는 진공의 한 점을 떠올리고 언젠가는 정원 전체를 집어삼킬지 모른다고 생각한다 매미가 다급하게 울어댔고, 오토바이가 지나갔으며, 아이들은 노루처럼 뛰어다녔다 '굿바이, 포도밭'은 여기서 시작한다; 포도나무는 게걸스럽게 흙을 빨아대며 정원의 다른 나무들을 무기력하게 만들었다

*

이미 말라버린 나무는 적막하게 서서 자신의 그늘만 내려다보고 있고 그늘은 더 어두운 쪽으로 휘어지면서 햇빛을 비껴갔죠 마음까지 발가벗겨진 나무들에게 몰락은 더 이상의 비명을 허락하지 않습니다 일렬로 늘어선 별들이 정원의 활자 속에서 뒤엉키며 허물어지는 그 느리고 비린 냄새들처럼, 두껍고 쓸쓸한 평발들 그는 의자에 앉아 이름 없이 빛나는 서쪽 항구의 끝없는 신기루 더미를 보고 있습니다 가끔 귓속에서 아직 나오지 못한 별들의 마지막 문장이 들렸죠 별을 열면 표정이 생략된 얼굴들이 쏟아졌습니다 낡고 퀴퀴한 몸 어딘가에 아주 느리게 포도 알갱이가 자라고 있는 것입니다 순간 떠오른 한 점의 진공이 모든 우연을 만들어냅니다 매미가 울었고, 아이들은 오토바이를 피해 뛰어다녔습니다

*

커다란 창문에 저녁이 내린다 젖은 얼굴을 가리고 가파른 숨을 쉰다 그 나라에는 밤과 바람, 젖은 구름이 재와 함께 섞여 있다

시간이 몇 겹으로 짓눌려 있다

파란만장

박제된 새의 깃털에 값비싼 용연향을 바르고 적갈색으로 코팅된 오동나무 관의 위쪽에 장식한다 독자들이 짐작한 것처럼, 이 배치는—문상객들이 믿거나 말거나—하늘과 바다와 땅의 결합을 상징한다 턱시도 차림의 나이가 지긋해 보이는 남자는 30분 전에 와서 원고를 꼼꼼히 점검하고, 스텝은 동선과 보폭을 고려해 수의를 정리한다 피아노 위에 꽃바구니는 장미와 히아신스로, 붉은 주단이 깔린 통로 옆에는 수선화로 장식한다 장례식 매니저는 양가죽을 덧댄 바이블을 들고 남자에게 온화한 미소를 보낸다 편안하게 죽음을 맞이할 수 있도록 궁중 악사처럼 치장한 의료진도 있다 남자: *디테일한 부분까지 의미를 만들어야 장례식은 '한 편의 완벽한 비극'이 되거*든요 그는 천상의 예배당처럼 잘 꾸며진 식장을 바라보며 주인공의 흡족한 칭찬과 웃음을 생각한다 당신을 평생 기억할 것이라는 감동적인 말을 할 때의 표정까지도 하지만 이 단단한 시나리오에 금이 가기 시작한다 우리의 주인공은 정해진 시간이 지났는데도 오지 않는다 식구들과 일가친척, 주인공을 찾아온 문상객들은 수군대기 시작한다 모욕감을 느끼고 돌아가는 사람도 있다 이제 초조해진 남자는 수화기에 대고 주인공에게 경고한다: 당장 오지 않으면 아버지는 몇 십 년 후에나 죽을 수 있어!

무관심의 균형

모든 사람들을 일종의 구경꾼으로 보는 것이
*바로 이들의 방식이다**

자, 여기 오기 전,
식탁 위에 무엇이 있는지 생각해보세요
이른 시각이지만 인형이 있고,

인형의 찢긴 헝겊과 잘린 머리가 있습니다 냉동실의 얼음처럼 지루한 접시와 숟가락—아직 신문은 인쇄되지 않았군요

손에는 수첩과 연필, 서랍이라 불리는 이야기의 첫 문장이 있습니다 젖은 신발과 왜소한 날씨, 검정보다 더 어두운 고양이도 눈에 잘 띄는 곳에 있습니다 그리고 느닷없이 전화가 걸려옵니다 무관심에도 균형은 있어야 합니다

인터뷰를 상상하며 사람들은 창문 안쪽이나 햇빛 가장자리를 어슬렁거립니다 옷매무새를 고치거나 화장을 하는 사람도 있군요 하지만 시간이 다가오자 사람들은 외웠던 안부를 모조리 잃어버립니다 반송된 우편물의 주인이 모호하듯 말이죠

〉

단체 사진을 찍어대는 관리들은

누구를 향해 웃고 있을까요 그 너머에 감춰진 표정은

어떤 인내심을 갖고 있을까요

자, 여기 오기 전 당신은 식탁 위에 무엇이 있는지 기억해야 합니다 오늘이라는 매우 낭만적인 하루를 위해 그리고 당신과 상관없이 잠겨버린 문과

당신 몫이 아닌 증오를 위해

* 수전 손택,『타인의 고통』중에서.

No.4 심야극장

모퉁이를 돌면 자정입니다

다리는 믹서로 갈고, 머리통과 두툼한 꼬리는 음식물 쓰레기통에 넣었습니다 몸통과 내장은 어떻게 할지 몰라 냉동실에 보관했죠 성에가 뒤덮은 눈부신 피부, 상상만 해도 근육은 딱딱해지고 거미줄처럼 얽힌 힘줄도 툭, 툭 불거집니다 하지만 몇 년을 얼음과 싸워야 하는 그것들에게 좀 미안해지더군요

느리고 비린 모퉁이의 자정입니다 잠시 커피 한 잔을 마시고 몸통을 꺼내 살갗의 머뭇거리는 냄새를 지워버립니다 두꺼운 고딕체의 형광등은 더 어두운 쪽으로 휘어지며, 살을 도려내고 있습니다 살기를 숨기는 것은 건강에 좋지 않아요, 납덩어리처럼 답답해질 뿐이죠

혈관은 은밀하게 피를 밀어내고 있습니다 고막에 규칙적으로 부딪히는 모음은 누군가의 혀를 뽑아낸 손가락입니다 모퉁이 너머에 자정이 있습니다 익숙한 빨강이 더 익

숙해질 때까지 혐오는 유리문 안쪽에 두도록 해야죠

*

식탁 위에 가지런히 부패가 진열된다 가늘고 긴 것은 오른쪽에 두고, 무겁고 진한 것은 아래쪽으로 모은다 일회용품처럼 호의적인 것은 검정 비닐봉투에서 꿈틀거린다 마침 정류장에는 아무도 없고, 부재중 전화 한 통 우두커니, 지켜보고 있다

모퉁이를 돌아야 자정이다

식탁의 온도

여자들은 서로 얼굴을 쳐다본다
*그녀들은 마치 손이 없는 것처럼 회전한다**

아무렇게나 녹은 눈 밑에 새의 한 페이지가 버려져 있다 폐점을 앞둔 간판의 완전한 냉기처럼, 비좁은 골목에는 있는, 없어도 그만인 풍경이지만 바닥에 감춰진 유리 조각의 집요한 살기는 남아 있다

모두 어디로 갔을까요

출처를 알 수 없는 돌멩이들의 맹렬한 비명이 들렸다 얼음이 천천히 뭉개질수록 바람은 죽은 새를 들키지 않기 위해 더 큰 바람을 불렀다 담벼락에 붙어 있는 전단지는 간신히 제 몸 하나만 지켰을 뿐이죠 *그런데 모두들 어디로 갔을까요*

허기진 싸움을 끝내고 돌아왔지만 어머니들은 비좁은 방에 모여 기도를 했다 문틈으로 들리는 모음만 남은 소리들 입 속에서 오물거리는 딱딱한 틀니들처럼, 온기는 처음부터 식탁의 것이 아니었다

〉

하지만 오늘은 이상해요 모두

어디로 갔을까요

검은 새를 보았다

아무렇게나 녹아버린 눈 밑에서 그녀는

두 손이 너덜너덜해질 때까지

검은 페이지를 넘기고 있었다

* 헤르타 뮐러, 『그때 이미 여우는 사냥꾼이었다』 중에서.

거울의 레시피

저울의 눈금은 240g 안팎
지방을 분리하면 200g만 남는다
남자는 만족스럽지 못하다
그는 창가에 세워둔 면도칼을 꺼내 자신의
목과 엉덩이, 종아리에서 150g의 살을 더 잘라낸다
반 근 정도의 햇빛이 창문을 기웃거린다
창틀에 장갑을 벗어놓고 그는 고기를 씹는다
맛은 어때? 거울 속의 남자가 대답을 강요한다
그는 난감한 표정을 지으며 내장을 먹을 때까지
만족할 수 없다고 잘라 말한다
완고하고 불규칙적인 새 한 마리가
비탈에 매달려 있다 비탈의 마지막 지점에는
가장 무거운 중력이 입을 벌리고 있다
그는 혓바닥을 잘라버린다
남자의 손이 너덜너덜해지기 직전이다

4부

유쾌한 회전목마의 서랍

망가진 시계처럼 그는 복도에 서 있다가 화장실로 간다 느리게 소변을 보고, 더 느리게 걸으며 더욱더 느리게 목록을 정리한다 창고에서, 그는 잠시 아스팔트에 떨어진 사과를 생각하는데, (사과는 지구의 공백이다) 그것이 썩어가는 방향에는 웃음이 있다

*

하루에 한 번, 정해지지 않았지만 대체로 일정한 시간에 고용주에게 전화를 걸어 '그'를 확인시킨다; *전 여기에 안전하게 있습니다*

두껍고 난폭한 바닥에 그림자가 떨어지고
희멀건 스프처럼 흐느적거린다

*

가끔 날개 한쪽이 부서지는 한낮의 꿈—표정이 없는

근육들이 그의 얼굴 한쪽에 집중되었고 잠시 후 사라진다 공장 구석에 처박힌 해묵은 신문지 더미들, 일기예보는 무의미하고 시간은 제자리다 그것이 그가 창고보다 안전한 곳은 없다고 믿는 이유다

*

복도 끝에 걸린 창문이 한가롭게 햇빛을 흡수한다 인공 방향제는 근육처럼 꿈틀거리고 그는 이 '매끄러운 단절' 속에서 잘 익은 통조림처럼 웃고 있다 복도는 끊임없이 사람들을 실어 나르고 그는 그들이 절대 갈 수 없는 곳에서 복도를 보고 있다

*

1936년 1월, 조지 오웰은 부르커 부부의 하숙집에서 나와 탄광촌으로 간다 그는 느린 기차에서 어느 젊은 여인을 본다 그녀는 무릎을

*꿇고 더러운 배수관을 쇠꼬챙이로 쑤시고 있었다 기름이 덕지덕지 묻은 머리칼을 쓸어 올리는데 그 뒤로 슬럼가의 더러운 오물들이 널려 있는 것이 보인다 그녀와 눈이 마주친 순간 오웰은 그녀의 증오를 읽는다 고통스러운 만큼 그 침묵의 살기도 맹렬하다**

메모를 마친 그는,
자신의 눈 속 깊이 감춰둔 살기를 꺼낸다
그리고 누군가를 조준하며
조용히 애도한다

웃고, 애도하며 다시 웃는다

*

502 501 407 504 310 508 701 702 304 211
1204 701 702 302 두 번의 노크, 아무도 없

음 104 103 101 바닥에 고정된 의자와 불 켜
진 책상 공중을 떠다니는 서류 16:25 16:20
16:32 창고를 뒤트는 시간의 불일치 모서
리에 앉은 빛 한 번도 열리지 않는 입 1204
612 711 209 1622 408 원근이란 죽음을 향
한 고요 새가 날아오고 부딪히는 1313 1314
1315 1316 부디 자비를 틱 탁탁 누구세요?
검정 숄을 두른 여자가 말을 건다 프로작 파
가니니 오르골 1317 1318 1319 '원근'이란
죽음에 집중된 고요 도대체, 누구세요?

*

내가 만진 서랍은 내 지문을 기억하는지
복도에 넘치도록 쏟아진 발자국은 내 소름을 맛보았는지
구겨진 시계는 언제부터 멈춰 있는지

물건을 만지면 물건의 창자가 쏟아져, 얼음 속 물방울

들처럼 어금니를 꽉 문 채 파닥거리는 거야 바닥을 치는 태엽 장치 짧은 지느러미들이 스타카토로 허벅지를 기어 오르는

이 객석 없는 무대에서
밤마다 같은 꿈을 꾸는 거예요
그런데 석탄이 꽉 찬 무개화차에 깔리는 컷에서
다른 배우들은 길게 하품을 해버리죠

*

창고에 우두커니, 말이 앉아 있다 그는 자신보다 작은 말을 내려다본다 그들은 몸통을 열어 더 작은 말 꺼내고, 다시 몸통을 열어 아주 더 작은 말을 꺼낸다 사라질 때까지 반복된다 반쯤 남은 코와 이마는 혼자서 웃는다 늙고 두껍고 쓸쓸한 평발이 그의 얼굴에 붙어 있다 그는 이 놀이를 '유쾌한 회전목마'라고 부른다

〉

*

밤이 되자 그는 캐비닛 세 번째 서랍의, 누구도 들여다보지 않는 재고품 목록 속으로 들어가 잠을 잔다 그리고 다음 날 일찍 일어나 망가진 시계처럼 서서 복도를 걸어간다 사과가 썩어가는 방향이다

* 조지 오웰은 『위건부두로 가는 길』에서 이렇게 묘사한다. "그때 내가 그녀의 얼굴에서 본 것은, 까닭 모르고 당하는 어느 짐승의 무지한 수난이 아니었다."

전망 좋은 복도

*보고 말하고 생각하는 나는 어디에 있는가**

연주자

침묵이 찢어졌다 물러났던 박하 향에는 한쪽 귀가 접힌 것도 있었다 객석을 흔드는 냄새의 은밀함이란 예기치 못한 기교 기립한 사람들은 뜨겁고 익숙지 않은 각오라 수군거렸다 종려나무 곁으로 느리게 땅거미가 지고, 그늘을 뒤집으면 자갈이 쏟아졌다

사냥꾼들은 눈을 감고
여우가 튀어 올랐던 방향으로
몸을 돌렸다

모스타르, 밤의 식당**

늙은 주인은 마지막 찻잎을 만들기 위해 제비꽃을 말린다 총알이 박힌 식탁에선 아침이 한 스푼의 설탕과 함께

녹고 있다 사방이 굶주린 짐승 냄새, 말린 꽃에서도 피가 묻어 있다

며칠 분 식량을 건네는 주인은, 더 이상 시간이 없다고 말한다 그들은 도살장을 훔쳐보듯 식당 유리창에 가까이 다가간다 그리고 딱딱한 빵과 바싹 마른 고기를 배낭에 넣고는 서둘러 국경을 향한다

납처럼 무거운 태양이 가죽 신발에 달라붙는다

세르의 가방

세르가 앉아 있다 모서리에서 우두커니 바깥을 쳐다본다 코와 이마, 입술이 얼굴에서 흘러내린다 세르는 앉아 있고, 입구까지 길게 늘어선 행렬은 각각의 그림자를 뭉개고 있다 그들의 침묵은 순전히 타동사다 앉아 있는 세르

는 얼굴을 다시 고정하고 가방을 손에 쥔다 지하철이 달려 오는 방향으로 점점 부풀어 오르는,

이 빈약하고 무방비한 목 위에서
툭,
얼굴이 떨어진다

* 미셸 세르.
** 보스니아의 작은 도시. 내전 당시 격전지 중 하나.

빛나는 초록은 벌레 먹은 이파리처럼

여기,

마르고 건조한 지하실이 문의

은밀한 작업실이다

*

모로코 출신의 늙은이들이 검은 피와 바다 모래가 선명하게 찍힌 기념우표를 들고 있다 그들은 감자튀김과 카레로 아침을 먹으면서 태양이 뜨거웠던 아이슬란드의 북쪽 해변을 얘기한다 벌레 먹은 나무처럼 멀고 가늘게 숨을 쉬며, 몸에서 마지막 숨이 빠져나갈 때까지

*

벌거벗은 녹나무가 기울어진다 신문을 접었다 펴면 봄의 하루가 지난다 다른 간격으로 움직이는 시간 흩어지며 점멸하는 문장 검은 슈트의 사내들이 비탈을 내려간다 아침 식탁에서 사도 바울은 백일몽에 빠진다 목이 잘리는 환

상을 보고 아포칼립스[*]를 확신한다 로마서는 그 꿈의 기록이다 귓속을 맴도는 간결한 신들의 목소리—*우리는 스스로 창조했다*

그것은 행복한 착각이다

*

몸의 이곳저곳에서 숨이 멈출 때까지
죽은 바람과 흰 대지는 웅크린 사람들의 침묵 속에 있다
나는 극장에 가서야 방치된 옛날을 확인했다
그것은 잘못 말해진 꿈들이다

*

아무런 희망 없이 극장까지 걷는다 개가 따라오다가 홀연히 사라지고 여자아이가 남아서 물끄러미 백발을 쳐다본다 희망 없이, 극장까지 걷는다 벤치가 있다 벤치에 앉

는다 벤치가 사라진다 아무런 희망 없이 과거 속에 방치되는 옛날 바람이 두 칸 옆으로 밀려나자

그와 무관한 옛날이 그를 찾아낸다
그와 무관한 옛날이 지팡이를 툭, 툭 친다
그와 무관한 옛날이 이해한다고 말한다

(이해? — 이것은 거짓말이다)

그와 무관한 옛날이 그를 감싸고 꿈을 기록한다 단지 무관하기 위해 기록한다

*

날카로운 광물로 긁히고, 중간에 회색 나방이 납작하게 눌린 상형문자가 있다 문이 핀셋으로 껍데기를 벗겨낸다 골목에서 검은 슈트의 사내들이 웅크린 사람들의 침묵 속으로 몰려오기 시작한다 몇 해 전에 본 산수유 열매는 그

와 무관하게,

여전히 붉다

*

법원에서 나온 요제프 K는 무작정 그레고르를 찾아간다[**] 무겁고 눅눅한 표정이 초콜릿과 함께 녹고 있다 서서히 죽어가는 것들의 입술에 웃음이 달라붙어 있다면—아무래도 감자튀김과 카레만큼 지루할 것이다 마지막 아침을 먹으면서 그들은 도대체 어떤 표정을 지어야 할지 난감해한다 얼굴을 돌렸지만, 출구가 없는 골목이다

*

마르고 건조한 지하에 문이 앉아 있다 검정색 장부를 손에 쥐고 언젠가는 자신을 배반할 문자를 하나하나 지우고 있다 아무런 희망 없이, 등을 구부린 채

〉

그러므로

가장 빛나는 초록은 전속력으로 날아와

벌레 먹은 이파리 속으로 사라진다

* 성서에 묘사된 세계의 종말.

** 카프가 소설의 등장인물. 요제프 K는 『소송』에서 자신의 죄명을 모르는 채 처형당한다.

알려지지 않은 문자들의 세계

두 개의 농담

사서들은 카이로 람세스 역에서 기차를 기다린다 목적지는 알렉산드리아 동쪽 해안 샤트비*, 문자로 이뤄진 국가가 그곳에 있다 세계의 공백이자 꿈이다 문자의 기원이란 사물들이 서로 겹쳐지며 접혔던 곳이다, 라고 누군가 말한다: '알려지지 않은 문자들의 세계'를 주제로 한 세미나에서 발표할 에세이의 마지막 문장

상아를 가른 주름을 봐,
바람과 땅을 갈랐던 그 묵직한 '겹침', '난파', '혼돈'을
아니면
늙은 거북이들이 지껄인 '농담'을

검은 히잡 몇 명이 이방인의 낯선 냄새를 뚫어지게 쳐다본다 한없이 가벼워진 웃음들이 갑자기 나타나고 사라지는 부드러운 햇빛 속에 정체 모를 백과사전풍의 밤과 낮

〉

백과사전 안쪽

백과사전은 사실과 멀어질 때
오히려 '사실'에 가장 가깝습니다
행간에 코끼리가 뛰어다닌다는 말이군
단단한 상아를 갖고 싶다면
코끼리를 죽여 머리를 잘라내야 해요
그렇긴 해도 메타포를 쓸 때는 조심해야 하네
칼은 목을 관통하지만 쉽게 부러지지

그리고 백야

사서들은 샤트비에서 두 개의 화살을 본다: 바닥과 바닥 또한 그 바닥에 겹쳐진 바닥이 서로 어긋나고 이어지는 틈 그리고 그 사이에서 자라는 식물들과 낡은 타자기 커피포트의 공백 그러므로 행간은 코끼리의 춤이자 무덤이며 사물의 무한이자 꿈이다

〉

꿈꾸는 자의 오래된 관습

바빌로니아 사람들은 태양이 폭발할 때 떨어져 나갔던 흑점들이 코끼리의 기원이라 믿었다 그러므로 코끼리가 갈 수 없는 곳은 존재하지 않았다 이것은 꿈꾸는 자의 오래된 관습이다 사서가 말한다; 그 네 발의 거인이 동쪽의 사원에 도착했을 때 허리에 뱀의 띠를 두르고, 쥐를 타고 있었다 시바와 파르바티**는 이 형상에게 가네샤라는 이름을 붙인다 사백 년 후 가네샤***는 자신의 기원을 찾아서 서쪽으로 간다

세미나: 붉은 여우의 달 1

당신은 붉은 여우의 눈빛을 닮았습니다 그래서 당신을 '붉은 여우의 달'이라 부르겠습니다:

폭풍이 부는 우기에, 붉은

여우는 지중해 연안에 도착한
다 이것은 시간의 증식이다 산
채로 살을 찢어 피를 나눠 마
실 때도, 당신의 손과 혀는 당
신과 당신을 엮고 가장 먼 당
신을 부른다 이것은 시간의 증
식이다 마실 때마다 징표가 씨
줄과 날줄로 얽히며 당신의 몸
을 파고든다 당신은 대륙이 빙
하로 덮였을 때가 있었다고 말
한다 일만 년 동안 당신은 그
동토를 노래한다 이것은 시간
의 끝없는 증식이다 당신은 코
끼리의 살과 뼈를 해체한다 당
신은 유칼립투스에서 불을 해
체한다 이것은 시간의 증식,
당신은 들소에서 선線을 해체
한다 어금니가 튼튼한 짐승에

서 공포와 분노를 해체한다 시
간은 증식한다 마침내 당신은
'사물'에서 사물에서 해체한다

모든 처녀들의 무덤

그러니까 혓바닥이 없다는 말인가요?
아니요 어제 산 토끼가 두 줄로 찢어졌어요
토끼는 우리가 기르는 식물성 벌레죠

달이 지중해에 빠졌을 때, 왕궁의 서쪽이 잿더미로 변한다 젊은 샤리아는 왕비를 잔인하게 죽이면서 모든 처녀들의 무덤을 생각한다 잔인한 계획에 어울리는, 아주 밝은 주황이어야 한다 무거운 북소리를 누르는 경쾌한 클라리넷 혹은 부드러운 비단에 감춰진 반달 칼 같은 그것은 번식을 멈춘 말의 죽음이며 또한 죽음을 감싼 거대한 '울음'이다

〉

이야기가 시작되는 첫날, 처녀들의 무덤에서 셰에라자드는 지상의 모든 말을 달콤하게 만들어버리는 혀를 얻는다 천사는 밤의 지하에 살고 까마귀는 달을 일으킨다 주문이 맹렬하다면 마법은 완벽해진다 목관 악기가 처녀들의 무덤 속에서 우는, 고요하고 참혹한 주제를 연주자들은 지금도 끝없이 되풀이하고 있다

세미나: 붉은 여우의 달 2

동굴 내부에 새겨진 암각에서, 붉은 여우의 달은 짐승을 쫓는 꿈을 꾼다 이것은 시간이 증식하는 방향이다 허벅지에 패인 상처를 만지다가 상처에서 거대한 울음소리를 듣는다 상처가 자라고 상처가 엉키고 상처가 길게 웃는다 이것은 시간이 증식하는 방향, 어둠에 눈이 익숙해지면 식은땀이 흥건한 채로 그는 서재로 간다 그곳에 문자들의 무덤이 있다

〉

*

셰에라자드 주인은 이야기를 멈추고 목소리에 빠져버린 사서들의 옆얼굴을 쳐다본다 뫼비우스처럼 반복되는 문장이지만, 문은 언제나 다른 곳으로 열린다 그때마다 해시시에 취한 코끼리가 붉은 여우의 달을 찾는다 알렉산드리아의 긴 눈썹은 타오르기 직전이 가장 뜨겁다

* 알렉산드리아 도서관이 있는 도시.

** 9~13세기에 번영한 인도의 왕조. 파라바티는 시바 왕의 아내.

*** 시바와 파르바티 사이에서 태어난 아들. 코끼리 얼굴에 긴 코, 이빨은 하나, 팔은 넷이다. 군중의 지배자라는 뜻이 있다.

목탄으로 그린 달은 축축한 눈을 뜬다

개와 까마귀

개를 매달았던 나무에 까마귀가 앉아 있었다 까마귀는 부리를 크게 벌려 죽은 사람을 토했다 군복을 입은 청년들이 뼈를 씹다 말고 나무 밑으로 몰려갔다

말린 혀

아이들의 이마에 곰보 자국이 선명했다 몰래 작업장으로 들어가 쇳조각을 훔쳤다 한 아이가 용접이 끝난 쇠에 혀를 댔다 마지막 불은 쇠 속에 남아 있었고 혀는 시커멓게 타들어갔다

식물들

식물들은

묵묵히 모래 비탈에 꽂혀 있었다

모두 맨발이다

진술서

사내는 중장비를 몰고 가다
산비탈 어디쯤에서 노인의 두 다리를 깔아뭉갰다

그때 사내는 어떤 트럭이
자신을 들이받는 꿈을 꾸고 있었다고 진술했다

거울은 가까이

몸에서 썩은 냄새가 납니다
급강하하는 바람에는 피가 엉켜 있습니다

아무도 없는 금요일입니다

유리병 조각이 튀어나온 담장 위로

만삭의 고양이가 지나갔습니다

아무래도 지붕의 검정은,

고양이가 쏟아낸 울음입니다

인기척 없는 대못은

누군가를 지켜보고 있습니다

바람은 버려진 냉장고와 전화기를 모른 체합니다

필요하다면 비명이라도 지를 수 있겠지만,

입 속에는 흰 거품이 가득합니다

거울은 가까이 있습니다

그리고 빗금에 갇힌

날 선 모음들을

비추고 있습니다

금지된 대문 왼쪽에 한 그림자가 지나갑니다

손전등은 비스듬한 목과 구부러진 허리를 어둠으로

밀어 넣습니다 골목에서 걸음들이 튀어나와
등에 달라붙습니다 배 속에 검고
딱딱한 납덩어리가 들어있습니다

목탄으로 그린 달

엔진이 고장 났어도 아카시아는 쑥쑥 자랐다
장례식에 가기에는 너무 긴 장마였다
부스럭거리는 빗금 어느 곳에도 얼굴은 보이지 않았다
사람들은 안방을 걸어 잠근 채 생쌀을 씹었다
바퀴는 살기를 숨겼으나 바닥은 쉽게 알아차렸다
목탄으로 그린 달이 축축한 눈을 뜨고 있었다
몇 사람은 석유를 뒤집어쓰고 다시 공터로 나갔다
뒷산 암자에 개 뼈가 수북하다고 수군거렸다

5부

넙치

넙치가 좌판에 펼쳐져 있다 한 발은 바닥을 딛고 또 한 발은 계단을 오르는 자세다 태어나면서부터 굳어가는 두 팔을 겨우 흐느적거리고 있지만, 마르는 것을 멈출 수 없다 어깨에 걸쳐 멘 공구박스 속에서 붉은 칸나가 녹았다 두 귓속을 파고드는 소리의 찌꺼기들, 넙치는 열쇠를 만지작거리다가 결국 주머니에 넣었다 계단이 접힌 곳에 슬그머니 죽은 앵무새를 놓았다 골목에는 버려진 신발이 가득했다 벗겨진 가면처럼 웃으며 밤의 가장 깊은 곳으로 스며들었다

배달된 사람

배달된 사람이 내 앞에 앉아 있다 내 눈과 코를 살피고 아침마다 손가락에 박힌 가시를 빼준다 **아프지 않니?** 퇴근할 때도 애인과 섹스를 할 때도 배달된 사람이 내 앞에 앉아 조용히 말을 건다 **아프지**

않니? 신용카드를 만지작거리며 내 몸의 은밀한 부피와 무게를 알려주거나 혹은 재미 삼아 이국의 농담을 들려준다 어제 그는 나와 같은 외투를 입고 같은 방에서 같은 밥을 먹었다 늘 우리는 같은

문을 열고 시청에서 자하문터널까지 걷는다 나는 그의 어깨에 떨어진 비듬을 툭, 툭 털어내면서 활짝 웃었는데, 강릉에 갔을 때가 기억난다고 말했다 나와 그는 같은 감정을 공유하고 같은 사람을 사랑한다 입술과 젖꼭지까지 그는 나의 골목을 걷는다 **아프지 않니?**

*

〉

싸울 때 그는 나타나지 않았다 나는 온몸에 멍이 들었지만 그는 뚝섬에서 모래톱을 걷는 그림자들을 바라보고 있었다 그는 나의 찢어진 모서리를 꿰매면서 처음으로 슬픈 표정을 짓는다 밤새도록 식물은 냄새를 감추고 있다 아주 천천히 지느러미를 흔들면서

낮과 밤이 지나갈 때마다 유령처럼 망각이 앉아 있다

없는 손

없는 손이 무언가를 잡으려 한다
손이 없다고 충고하지만,
움켜쥔 사과는 복도 끝으로 굴러간다

어제 분실물 보관소에서
손을 찾아가라는 전화가 오기도 했다:
당신의 없는 손과
동일한 부피와 냄새를 가졌다며,
수화기 너머 공무원이 강경하게 말했다

그러나 없는 손은
모른 척 열심히 자판을 두드린다

*

없는 손은 밤이 아니라도
언제나 밤일 뿐인 막다른 골목 혹은

〉

상처 없는 통증

나는 그것을 증명하기 위해
매일 사과를 놓치고 있다

*

어느 날은 여행지에서 쓴 엽서가 배달된다
나는 내가 있던 곳을 기억할 수 없어서
없는 손에게 장소를 물어본다:

어디에 두고 왔는지 이미 까마득해요

*

손이 없는 곳에서 어떤 자세가
튀어나온다 손이 없는 곳의 자세는
내가 접혔던 곳과 같다

〉

나는 접혔던 곳을 다시 펴서
빈 상자에 차곡차곡 쌓아둔다

*

커튼의 입장에서 당신을 기다린다
커튼의 입장에서 엽서에 우표를 붙이고 우체국으로 간다
커튼의 입장에서 저녁을 먹고 다시
커튼의 입장에서 서리가 내리기를 기다린다

*

거울을 보는 한밤중
낯선 모가지가 흰 꽃을 든 '없는 손'을 바라본다

없는 손도 하나의 자세—
이것은 밤이 아니어서 언제나 밤일 뿐인

이국적인 혹은 뒤돌아보는 순간

걸음이 낮게 떠 있다 걸음이 낮게 떠 있으니 저녁이다 저녁마다 뭐하세요, 라는 질문은 쓸데없다 낮게 떠 있는 걸음은 자기가 떠 있는 줄 모르고 **손을 뒤집으면 붉은 멍 자국이 드물게 피어 있어요, 1988년, 비디오/사운드 설치**

느슨하다 눈 속의 붉은 구름은 아주 드물어 아무도 눈치 채지 못 한다 걸음이 낮게 떠 있다가 체육관 사이로 사라진다 녹슨 기계의 차가운 박수소리를 어제도 들었다 귀가 거기 있다 두 손을 펴서 **이 댄서는 춤을 추는 사람이 아니다, 유채, 미완성 유작**

소리를 감싼다 골목을 돌아 시청까지 걷는다 어제 내린 비가 공중에 멈춰 있다 물방울은 한없이 투명하고 손에 닿지 않는다 가끔 물고기가 헤엄쳐 다니다가 아스팔트로 떨어지는데 **붉은 미로, 붉은 미러, 붉은 마레를 그린, 2015년, 납철사 펜싱칼 180×200**

"이 캔버스에는 방향이 없군" 지켜보는 사람이 없으니 삽

화는 고요하고 멀다 또 쓸데없이 저녁마다 뭐하냐고 묻지
만 이것은 꿈이 아니고

'뒤돌아보는 순간'

이다

지금 이곳의 쓸쓸함

외투를 집어 들자 살얼음이 떨어진다
우울은 커피잔 속에 넣을 만큼 충분히 가볍다
대답은 절박하고 질문은 간단하다

계획서는 의도적으로 묵살된다
찢어졌으므로 그 무엇도 확인할 수 없다
의자에서 쫓겨난 사람은 넥타이를 풀지 못하고
복도 끝 재판관은 결과에 만족한다

—*칸마다 붉은 선이 그어져 있군요*
—*모자이크가 감춘 건조한 목록도 있네요*
—*무성 영화처럼 소리를 잃어버린 분쇄기는 없나요*

도무지 종적을 알 수 없는 도둑처럼
게시판에 걸린 몽타주는 수많은 얼굴이 집약된 것
우리 중 누가 지목되어도 그만이다
몇 명은 제시된 수수께끼에 골몰했지만

〉

해답은 치밀하게 그리고 은밀하게 유보된다
인쇄되기도 전에 신문은 유효 기간이 지나버린다
막다른 골목에 버려진 낡은 가구처럼
알리바이 없는 우리는

문득 자신이 늙어버렸음을 알아버린 서류철
연극이 언제 끝났는지도 모르는 채 앉아 있는 늙은 연출가
길이는 다르지만 같은 트랙을 질주하는 비명
모든 것을 지켜보는 창문,
창문의 명랑한 예감

자정의 속도

내가 내 옆에 누워
조용히 심장 소리를 듣고 있습니다
말라버린 향수는 얼룩의 영역만 지킵니다
나는 일회용 수저처럼 식욕이 없습니다

언제부터인지 무릎은 동요하지 않습니다
주머니와 계단이 헐렁한 이유입니다
외투가 걸려 있으니 벽에는 못이 박혀 있겠지요
못은 이 집의 유일한 발자국들입니다

손바닥에서 빈둥거리는 가죽을 벗겨내고,
지문을 삭제합니다 지문이 기록했던 사건은
따로 저장해 이야기 목록으로 만듭니다

—이를테면, 발목이 허물어지는 속도
—이를테면, 신문이 감췄던 어제의 문장
—이를테면, 지구에서 완벽히 사라진 죽음들

〉

그리고 나는
무수한 '이를테면'이 몸의 배란排卵이라는
당연한 결론을 삭제합니다

엄숙하게 화초를 지키는 창문
누군가의 쓸모를 기다리는 식탁
근육을 감추는 어둠은 철저하게
개별적인 자정입니다

나는 내 옆에 누워
바닥으로 진화하는 척추를 만집니다
심장은 멈춰야 할 때를 알고 있습니다
느닷없이 찾아오는 사건은 없는 것이죠
—이를테면, 또한 이를테면

커튼, 콜

액자 속의 사과가 사라졌다
사과를 그린 손과 함께:

그러므로 이것은 침묵이 아니라 표정이다

*

눈을 뜨자마자 당신은 출근하지 않기로 결심한다 귓속에서 중장비가 내리꽂히는 굉음이 들려왔으나 그것은 작성하다만 서류 뭉치들이다 침대는 비좁고, 블라인드 사이를 비집고 들어오는 햇빛은 쇠창살처럼 단단하다 죽었거나, 죽음을 향해 기꺼이, 아가미를 열고 있다 신문은 습관적으로 당신과 당신이 아닌 것을 공유한다 부족하지 않았고, 부족할 수도 없으니: *제발, 모른 척해줘* 면도칼과 비누 사이로 슬그머니 끼어드는, 결코 친절하지 않은 손 멈추었다가 다시 시작하는, 그리고 가끔 헛발을 디뎠다가도 명랑하게 폭발해야 하는 네 다리: *그런데 말이야* 오늘은 *금요일, 연민이나 공황과 같은 불필요한 감정 따위*를 소

모해서는 안 돼 이제, 당신은 꼼짝없이 정류장으로 가야 한다 수많은 집과 계단과 골목을, 나란히 뭉개진 쓰레기통이나 느리게 걷는 사람들을 지나친다 당신은 걸으면서도 빠르게 늙어간다

*

되풀이되며 기록되는 액자 속의 사과 그것은 공복처럼 자연스러운 증오 혹은 살짝 건드려도 터져 나올 웃음 하지만 여전히, 텁수염이 수북한 낯선 방문자가 거울 앞에 서 있다

5분 후

정확히 오 분 후, 그는 죽는다
아무렇지 않게 자판을 두들기지만 어떤 형태로 죽을지
그 비용만큼은 정확히 계산해야 한다

*

저런, 벌써 시작되었군요 냄새는 수축하면서 짙어졌고 부패하면서 팽창합니다 목은 오래된 말뚝처럼 언제 뽑힐지 몰랐죠 왼손도 손목에 간신히 붙어 있었고 심장은 규칙적으로 뛰고 있었지만 상당히 낯선 보폭입니다

나프탈렌으로 압축된 냄새의 밀실이 그의 몸속에 박혀 있습니다 건강한 마름모라 불러도 괜찮습니다 한 여자가 불쑥 일어나 냄새의 진원지를 확인합니다 고개를 든 순간 그녀는 정지해버렸고, 예상대로 웃어버립니다 곁눈질로 동료를 모아 카운트다운을 시작하죠

—5, 4, 3, 2, 1

〉

어느 한 곳에서 폭발하는 원자분열처럼 맹렬한 냄새는 여전히 자신이 지워지고 있는 것을 모릅니다 다만 어떤 사태를 예감한 것처럼, 손가락은 민첩해졌고, 다급히 전화를 두드립니다 그는 의자에 등을 밀착합니다

아무나 손가락으로 툭,
건드리면 폭삭 주저앉아버릴 그는
이미 누군가의 악몽입니다

아무도 모르게 내부로 들어가서 내부와 함께 사라지는 일사불란한 복도, 아무렇게나 방치된 서류, 누군가의 호출을 기다리는 혀 자판 없이 어떤 문자도 존재하지 않으므로 그는 메신저의 어떤 질문에도 답변하지 않습니다

그리고 정확히 오 분 후
책상 위로 통지서가 날아들고,
느닷없이 수축하고
짙어지며 팽창해버리다가 사라집니다

〉

바닥에 떨어지는 외투는 의외로 밝게 웃습니다 냄새는 환풍기가 모두 삼켜버리고, 그의 물건을 동료들이 박스에 담아 집으로 보냅니다 물론, 택배를 이용해야 하죠

*

며칠 전 점심을 먹으며 일기예보를 듣다가,

그는 순간순간 얼마나 많은 날씨가 버려지고 있는지 생각한다

악몽으로 변해버린 밀실, 그리고

밀실 속에서 부패해버린 모든 난처한 질문들

사진관 옆 왼쪽 모퉁이

사진사는 치즈처럼 부드러운 표정을 지으라고 강요한다 긴장을 풀었다가 근육을 고정시켰지만, 과거는 그에게 다른 표정을 허락하지 않는다 그가 잠시 숨을 멈췄을 때, 항상 지켜봐야 할 바깥 풍경이 그의 얼굴이 찍혀버린다

*

죽은 나무 아래 죽은 바람이 웅크려 있습니다 아무리 흔들어도 바닥은 일어서지 않습니다 죽은 나무 아래 죽은 바람 아래 죽은 식탁이 있습니다 방부 처리된 달력은 시간을 아주 길게 붙잡고 있습니다 죽은 나무 아래 죽은 바람 아래 죽은 식탁 아래 지하도가 있습니다 아무도 이 길을 걷지 않습니다 지금 이 순간에는 벌레조차 기어 다니지 않습니다 우리는 구경하는 사람일 뿐이죠

〉

며칠이 지납니다 수많은 얼굴을 익명으로 감추었던 믿음직한 기술자들이 죽은 나무 아래 죽은 바람 아래 죽은 식탁 아래 모여듭니다 그들은 맨 위층을 '침묵의 유전'이라 부릅니다 어떤 흔적은 신뢰할 수 있지만 어떤 흔적은 눈을 뽑아내고 싶을 정도로 잔혹합니다

누군가 견고한 저장고를 발견합니다 우리는 구경하는 사람 각각의 저장고에는 죽은 나무, 죽은 바람, 식탁 모양의 받침대, 코팅된 달력 헐벗은 외투와 신발, 식기들이 있습니다 입김만 불어도 주저앉습니다 흔적만 남은 이불 속 수염이 무성한 두개골은 옆으로 누워 있습니다 눈구멍은 조금씩 내려앉는 바닥을 지켜봅니다 귀는 막혀 있습니다 죽은 나무 아래 죽은 바람 아래 죽은 식탁—우리는 구경하는 사람입니다

*

소주병 상자를 뒤집어 의자를 만들자 늙은이들이 몰려와 뒤엉켜버린다 권태와 가난을 들키지 않으려는 듯 아주 밝은 목소리로 떠든다 가끔 사납고 불안하게 눈을 뜬 사람 — 그에게 시간은 가혹하게 빠르다 코는 바깥을 향해 활짝 열렸고, 입술은 이마의 주름만큼 길게 찢어졌다 사진사는 구경하듯 셔터를 누른다 늙은이가 왼손을 뻗어 지팡이를 잡을 때, 예전에 던졌던 주사위가 바닥에 닿기 직전임을 예감한다 하지만 여전히 자신도 모르는 곳으로 가고 있을 뿐이다

비타민 사용 설명서

비타민을 삼킨 후 설명서를 꼼꼼히 읽고 부작용을 확인한다 발진과 발열, 두통, 가려움증, 붉은 수포 같은 증세는 없지만, 다음 복용 직전에 나타날 수 있으니 각별히 주의해야 한다 포켓 용기에 포장된 다른 알약도 마찬가지 이것이 한 번도 빠트린 적 없는 그의 일과 동료들은 가끔 결혼 사용 설명서는 없었는지 그에게 묻는다 책상 위에는 이혼 사용 설명서가 놓여 있었다! "물론, *그것이라면 얼마든지 구할 수 있었어*" 느닷없이 기침을 하거나 관절이 매끄럽지 못해도 그는 서랍을 뒤져 관련 설명서를 찾아 읽고 시키는 대로 움직였다 그는 서류에 사인할 때마다 사인 사용 설명서를 참고했으며, 수화기를 집어 첫 인사를 할 때도, 식당의 메뉴를 고를 때도 그랬다 설명서는 충분한 임상실험을 거쳐 작성된, 가장 완벽한 매뉴얼 입, 속에 고인 어둠은 혀를 편안하게 하지 생각할 시간을 주지 않아 섹스를 할 때도 사용 설명서는 익숙한 체위를 낯설게 만들거나 안정적인 자세로 최대의 효과를 낼 수 있는 방법을 알려주었다 설명서는 도감과 통계 자료까지 삽입하면서 점점 정교해졌으며, 어느 시점부터는 바이블보다 바이블 사용 설명

서가 더 많이 팔리기 시작했다

*

어느 날 죽음이 찾아 왔을 때 그는 침대에서 이렇게 중얼거렸다; "누군가 내 사용 설명서를 갖고 있었군"

납의 기록

1407호 남자가 추락하기 직전 어느 방에서는 전화벨이 울리고 누군가는 저녁을 준비하고 있다 그는 두 아이를 물끄러미 바라보다가 한 명씩 방으로 들여보낸다 휴대폰을 꺼내 저장 목록을 살피고 몇 통의 문자를 보낸다 결코 흔들리지 않는 세부 항목들과 바닥없는 심연 혹은 불편한 납의 기록의 어디쯤에 그는 서 있다

페이지가 모조리 찢긴 일기장
창문마다 다닥다닥 붙어 있던 은밀한 눈과 소문
포장 테이프로 꽁꽁 싸맨 농담
기적을 조롱하는 평범한 얼굴들

공중은 한 번 크게 출렁거리고 불과 몇 초 전의 풍경으로 돌아온다 아주 잠깐 흔들린 이유는 불가항력적인 중력의 공포 그러나 유리 가루처럼 눈부신 알몸으로 그는 산산조각난다

그의 동료들은 장례식장에 앉아 그가 살아온 기적을 말

한다 그가 남긴 빚과 철저한 고립, 맨주먹의 결연함 그리고 휴대폰의 마지막 목소리까지 모든 것이 자신들의 덕분이라고 과장하는 사람들 입에서 그는 아직도 추락 중이다

*

취객들은 새를 잡아와 유리 가루가 잔뜩 묻은 신문지에 싸고 스톱워치를 꺼내 시간을 재기 시작한다 신문지 바깥으로 튀어나온 깃털을 뽑고 면도칼로 살을 찢으며 손바닥만 한 몸이 유리 가루에 뒤덮일 때까지 신문지를 비빈다 버터처럼 잘 부풀어 오른 유리의 붉은 기포, 새가 사납게 꿈틀거릴수록 그들은 더욱 냉정하게 집중한다 껌을 씹으며, 마치 놀이에 불과하다는 듯

사나운 연어 떼가 밀려갔다

육교 손잡이를 잡고 한 여자, 가파르게 기울고 있다

물길을 거스르며 연어 떼, 지느러미를 흔든다 얼굴은 사납고 입술은 길게 찢어져 있다

한 여자, 핸드백을 놓친다 바닥에 기포가 가득하다 *지금 몇 시니?* 덜컥, 문이 닫히자 한 여자, 심장이 흘러내린다

이미 곪았거나 썩어버렸다 *지금 몇 시니?* 입 속에서 날카로운 더듬이가 꿈틀거리고 한 여자, 바닥에 주저앉는다 등뼈를 밟으며

연어 떼는 육교를 거슬러 올라간다 지느러미는 예민해서 불안하다 *지금 몇 시니?* 습관의 촉수에 예외란 없다 구청은 오늘

육교를 폐쇄한다 플래카드가 약속한 뚜렷한 구름 밑에서 한 여자, 마침내 오후가 된다 도*대체 지금 몇 시니?*

〉

길을 바꾸는 것은 몹쓸 짓 멈춰버린 한 여자, 왼쪽 정강이를 찢고 수만 개의 붉은 알을 쏟아낸다

철공소

가늘고 두꺼운 흰 띠를 둘렀지만 대체로 붉은색이다 장미를 찔러 넣으면 가시가 돋을 것 같았다 사촌들은 머리와 사지가 없는 이 덩어리를 벽에 걸어야 하는데 대못이 없다고 투덜댄다 꽃다발을 뒤집어 말리는 것이 향기를 오래 잡아두는 것이라 했다 낮술을 잔뜩 마시고 철공소 쪽으로 걸어갔다 앞으로 뻗은 바탕을 발굽으로 꾹꾹 눌렀다 누른 자국마다 붉은 가시가 부풀었다 나는 내 덩어리가 대못에 박히는 악몽에 대해 오래도록 물었다 오늘이라 생각한 날은 이미 지나가고 없었다 사촌들도 이미 죽거나 사라졌다

저녁 한때의 카니발

가장 빛나는 추억은 긴 침묵과 함께 오네 꿈을 속삭이는 바람과 카니발의 찬란한 불빛들이 끝없이 이어진 공원의 검붉은 해변, 나는 서쪽의 깊고 조용한 카페에서 에스프레소를 마시네 지금은 아무도 모르는 카니발의 저녁 한때, 외투에 스며든 빛을 털며 수많은 사람들이 익어가네 당신은 달콤한 버터에 녹고 라디오는 버지니아풍의 흘러간 재즈를 틀었지 우리는 느리게 현을 치는 콘트라베이스에 이끌려 한없이 투명한 춤을 추었네 산책이란 아무도 모르는 지도를 걸으며 아무도 모르는 노래를 흥얼거리는 것 꿈을 속삭이는 가벼운 바람 속에서 카니발의 때늦은 저녁이 긴 침묵과 함께 오네

해설

입체파 춘자씨

장은석 / 문학평론가

산책이란 아무도 모르는 지도를 걸으며
아무도 모르는 노래를 흥얼거리는 것
— 박성현 「저녁 한때의 카니발」

바탕화면 1

이 시집을 읽는 누군가를 상상한다. 어쩌면 누구는 마치 끝없는 통로가 이어진 도서관을 걷는 느낌에 사로잡힐 것이다. 확실히 시집의 곳곳에는 여러 개의 시적 카메라가 설치되어 있다. 카메라들은 시선을 분산하고 다양한 흐름을 만든다. 반드시 "그녀가 바닥에 고꾸라지자 앤디는 카메라맨들에게 가까이 가서 죽어가는 얼굴을 클로즈업하라고 지시"(「춘자 혹은 비디오 아트」)하는 부분이나 "가장 나쁜 밤에서 낮까지 춘자의 걸음은 조금씩 뒤틀린다 발목과 무릎이 복도 속으로 사라지고 얼굴의 반이 잘린 무인카메라는 점점 더 깊어진다"(「나쁜 쪽으로」)와 같은 부분이 아니더라도, 시집을 읽으며 누군가는 아마 한 편의 시와 다른 한 편의 시 사이에 연결된 통로를 걷는 기분을 충분히 느낄 수 있을 것이다.

이런 기분은 단순히 시편들 사이에서만 작동하지 않는다. 더 예민한 사람이라면 시 속의 한 부분과 멀리 떨어진 다른 시의 여러 부분이나 심지어는 행과 어떤 연 사이에서도 유사한 경험을 할 수 있을 것이다. 그렇지만 이것은 선조線條적인 서사에 따라 진행하는 영화나 소설의 흐름과는 다르다. 상당히 유사하면서도 조금씩 다른 장면들이 중첩되며 시간은 뭉쳐졌다가 흩어진다. 때때로 시 속에서 "시간은 이상한 방식으로 엉겨 붙"(「방향을 바꾸면」)어 있는 것처럼 보인다. 그래서 그것을 바라보는 어떤 사람은 "시간이 몇 겹으로 짓눌려 있"(「굿바이, 포도밭」)는 느낌에 휩싸일 수도 있다. 이 과정에서 시적 공간들은 굴절되고 왜곡되면서 다양한 변화를 드러낸다. 그래서 누군가는 독특한 이 시집의 갈피를 지나면서 마치 가상 현실[VR: Virtul Reality]을 경험하는 듯한 체험을 할 수도 있을 것이다.

'극장'과 '연출' 그리고 '대본'이라는 말이 시집의 여러 곳에서 등장한다는 사실을 고려하면 이 시집을 읽는 경험을 다양한 극이 펼쳐지는 가상 현실의 공간을 산책하는 것으로 비유해도 좋겠다. 그렇지만 이런 비유로도 이 시집을 온전히 설명하기는 쉽지 않다. 비록 VR 체험이 입체적인 공간을 느낄 수 있고 하이퍼텍스트적인 이동과 건너뜀을 포함하고 있지만 역시 일정한 시간의 순서에 따르고 있기 때문이다.

한마디로 이 시집은 마치 여러 장의 레이어가 중첩된 프로그램을 시간의 차이를 두고 한꺼번에 실행하는 느낌을 준다. 시집이라는 가상 현실의 다양한 모퉁이에서 펼쳐지는 여러 무대는 때로는 동시적이면서도 미세한 차이를 지닌다. 켜지고 꺼지는 조명 속에서 시인의 기억은 훼손되고 복잡하게 엉키다가 희미하게 의식의 한쪽으로 불거진다. 그래서 나는 이 시집을 읽으며 만약 한 권의 시집이 거대한 한 장의 종이라면 수없이 많은 면을 지닌 다면체로 잘 접고 싶은 충동을 느꼈다. 이 독특한 시집으로 향하는 통로를 마련하기 위해 이제 겨우 바탕화면을 깔았을 뿐이다. 더 깊숙한 곳으로 함께 들어가자.

레이어 A

여러 겹의 레이어를 지닌 다면체와 같은 시집을 충분히 음미하기 위해서는 먼저 거기에 드러나는 다양한 효과를 살펴볼 필요가 있다. 「사과의 회전」과 같은 시는 시집 전반에 골고루 나타나는 여러 효과를 미리 느끼기에 유용하다. 이 시의 여러 부분에는 다른 시에 조금씩 드러나는 다양한 효과가 충분히 활용되고 있기 때문이다.

사과를 씹는다 개가 앉아 당신을 쳐다본다 사과를 씹으면서 개의 목덜미를 만지는 얼굴은 어제의 당신과 똑같다 어제의 나도 사과를 씹으며, 당신을 쳐다보는 개의 목덜미에 손을 얹는다 일정한 간격을 두고 낮과 밤의 밝은 주황이 점멸한다 악기들은 꿈을 꾸며 격렬하게 소리를 낸다 스튜디오는 북촌 방향으로 휘어지고 시간은 같은 자리를 반복한다 사과를 움켜쥔 손가락은 사과가 회전하는 방식 짓무른 날씨는 오후의 햇볕 속으로 들어간다 우리는 이름을 모르면서도 서로를 안다고 믿는다 당신은 벤치에 앉아 간단한 사과를 씹는다 개가 앉아 물끄러미 나를 쳐다본다 어제부터 당신의 웃음은 사과의 이빨자국처럼 뚜렷하게 입에 걸려 있다 여름이 지날 때까지 그렇게 걸려 있다 신체의 일부를 강탈당한 채 사과는 어제의 개를 쳐다본다

—「사과의 회전」 전문

이 시는 사과를 먹으며 개의 목덜미를 만지는 당신과 그런 당신을 쳐다보는 '나'의 시선으로부터 출발한다. 그렇지만 반복해서 시를 읽으면 단순한 장면이 다양한 효과 속에서 다채롭게 변용되는 것을 눈치챌 수 있다. 이것을 정리하면 다음과 같다.

A-a 시간의 신축성

보통의 시와 마찬가지로 이 시 속의 '나'는 '현재' 사과를 씹으며 개의 목덜미를 만지는 '당신'을 바라본다. 그렇지만 2

행에서 이들은 모두 '어제의 당신'과 '어제의 나'로 이어진다. "어제의 당신과 똑같다"까지는 명백히 '과거'에 관한 기억이지만 "어제의 나도 사과를 씹으며, 당신을 쳐다보는 개의 목덜미에 손을 얹는다"에 이르면 '현재'와 '과거'는 명확하게 구분되지 않으며 중첩된다. 또 이런 순간은 반복되면서 긴 여름으로 계속 이어진다. 이런 식으로 시인은 단순히 시간을 빨기 감거나 느리게 감는 것을 넘어서서 더 신축적으로 다룬다. 그 과정에서 "일정한 간격을 두고 낮과 밤의 밝은 주황이 점멸"하고 악기 소리들은 더 격렬해진다. 휘는 힘 속에서 시간은 다양한 리듬을 형성한다.

A-b **회전하는 공간 속에서 변화하는 심도와 불투명도**

신축적인 시간의 변화 속에서 대상들의 모습도 조금씩 변화한다. 시 속의 하나의 대상은 완전히 다른 위치로 변모하기도 하지만 그것은 언제나 자연스러운 변화의 과정을 포함하고 있다. 카메라의 초점을 이동함에 따라 대상의 모습이 분명해지다가 흐려지는 것처럼 시 속의 각각의 대상들은 시인이 조절하는 힘에 따라 흐려지다가 어느 순간 분명해지고, 짧고 명확한 순간의 표면으로 떠올랐다가 넓은 시간의 배후로 깊이 가라앉는다. 사과를 씹는 순간에서 시작한 한 편의 시는 어제의 기억으로 건너갔다가 수없이 많은 낮과 밤의 교차를 겪으며 여름 내내의 시간 속에서 조금씩 달라지며 반복되는 과정으로 이어진다. 그래서 그의 시를 읽으면 일정한 타임테이블에 조금씩 다른 여러 레이어가 겹쳐 있는 것처럼 느껴진다.

A-c **초점과 조명: 주체의 다변화**

시간의 변화 속에서 발생하는 리듬이 출렁이는 과정은 주체의 변화와 연결된다. "사과를 씹는다 개가 앉아 당신을 쳐다본다 사과를 씹으면서 개의 목덜미를 만지는 얼굴은 어제의 당신과 똑같다"라는 첫 문장을 다시 살펴보자. 사과를 씹는 주체는 당신이다. 그런데 다음 부분에서 곧바로 개의 시점으로 이동한다. 그리고 '어제의 당신과 똑같다'라는 그다음 부분의 주체는 '나'다. 물론 여기까지는 사과를 먹는 당신과 그런 당신이 쓰다듬는 개를 바라보는 '나'의 시선을 색다르게 표현했다고 여길 수도 있다. 그렇지만 "개가 앉아 물끄러미 나를 쳐다본다"는 부분이나 "어제부터 당신의 웃음은 사과의 이빨자국처럼 뚜렷하게 입에 걸려 있다 여름이 지날 때까지 그렇게 걸려 있다 신체의 일부를 강탈당한 채 사과는 어제의 개를 쳐다본다"와 같은 시의 뒷부분에 이르면 단순히 그렇게만 이해할 수 없다는 사실을 깨닫게 된다. 화자인 '나'의 시선에 명백히 포함할 수 없는 부분이 있기 때문이다. 급기야 시의 마지막 부분에 이르면 시선의 주체가 '사과'로 변한다.

시적 주체가 단순히 화자의 위치에서 내려온 것은 이미 오래되었다. 오늘날 많은 시인들은 시적 주체를 다양하게 활용한다. 그렇지만 이 시인은 단순히 시적 주체를 바꾸거나 그 위치를 이동시키는 것이 아니라 시선 자체를 계속 변화시킨다. 이런 시도가 극단에 이르면 아예 무수한 시선의 교차를 통하여 특정한 시선 자체를 무화하려는 것처럼 보이기도 한다. 이후에 더 자세히 설명하겠지만 "춘자는 파티에 갔다가 오는 길에 춘자에 들른다"(「춘자의 유혹」)와 같은 부분을 보면 '춘자'라는 주체가 단순히 다수로 분열하는 것이 아니라 시간의 변화 속에서 더 다양한 변화를 겪고 있다는 사실을 더 분명하게 알 수 있다.

다양한 효과를 동원하며 시인은 시 속의 '당신'과 '나'의 모습을 조절한다. 시인은 신축성을 지니고 변화하는 시간의 간격 속에서 초점을 달리하며 흐려졌다가 밝아지기를 반복하는 과정을 우리에게 보여줌으로써 "서로를 안다고 믿"는 모든 사람들이 스스로 미묘하게 변화하며 어떤 의문을 품을 수 있게 만든다. 이런 식으로 시인은 반복하는 시간 속에서 분명히 알고 있다고 확신하는 사람의 의식이 조금씩 빗나가다가 마침내 복잡하게 얽히는 변화의 과정을 우리에게 내민다.

레이어 B

이제 본격적으로 이 시집에 무수히 등장하는 춘자들을 향해 눈을 돌릴 때다. 미리 말하자면 시집의 여러 갈피에 산재한 춘자들을 각각 무언가의 상징으로 규정하려는 시도는 거의 불가능에 가깝다. 왜냐하면 시인은 오히려 그것을 불가능하게 만드는 것에 모든 노력을 기울이고 있다고 해도 과언이 아니기 때문이다. 평범하고 단순한 이름을 지닌 춘자들은 개별 시편에서는 일상의 바탕에 깔린 어떤 인물의 초상이 되기도 하지만 각각의 시편들을 건너뛰면서 점점 새로운 춘자들로 변모한다. 레이어A의 영향 속에서 춘자는 뒤틀리고 왜곡되며 나아가 갑자기 다른 춘자로 복제되고 전환된다. 또 이 과정에서 서로 다른 춘자는 조금씩 섞이고 그룹으로 엮이며 새로 정렬된다. 이것이 반복되어 어떤 단계에 이르면 개별적인 춘자는 거의 희미해져서 "아무도 읽지 못한 춘자"(「춘자들」)로 바뀌고, 춘자라는 대상은 오직 춘자들 사이의 관계 속에서만 파악할 수 있는 지경에 이르는 것이다. 그러므로 우리는 춘자라는 대상의 정체를 밝히려는 노력에서 조금 물러서서 춘자들 사이에서 발생하는 여러 가지 작용 양상이나 춘자들 사이의 관계에서 비롯하는 효과에 더 집중하는 것이 좋겠다.

B-a **기억, 착각, 현기증**

신축적으로 변하는 시간 속에서 과거의 기억은 정확한 초점에 잘 들어오지 않는 경우가 많다. 그의 시에서 기억의 체험은 유사한 감각을 통하여 다른 이미지들을 연상시키게 만드는 매개가 될 뿐. 시인은 분명한 기억을 끊임없이 추적하지 않는다. 오히려 시인이 기억을 끌어내는 장면을 지켜보면 그가 기억의 체험을 통해 고정된 기억을 지우려는 것처럼 보인다.

"춘자를 만났을 때 그녀는 15년 전에 빵 한 조각을 기억해 낸다 말라버린 햇볕에 감춰진 잘 익은 오렌지색이었어요 건드리면 터질 것 같았죠 광장을 빠르게 가로지르던 사이렌과 날 선 비명이 고딕체의 비탈에서 출렁거리고 재스민 차는 여전히 향기로웠어요"라고 시작하는 「죽은 자들의 허기」는 시의 말미에 "15년 전에도 춘자는 빵을 씹고 있었다 아스팔트 위의 버려진 오렌지처럼 천천히 무너지는 옛날의 노래 표정을 가린 두 시간 전의 골목과 느닷없이 튀어나온 개 한 마리가 어둠을 향해 짖고 있는, 저 가파른 비대칭에서"로 이어진다. 시인의 태도는 마치 벤야민이 프루스트의 마들렌 기억을 분석하는 장면을 연상케 한다. 기억의 주체는 '그녀'에게서 시 속의 화자로 천천히 바뀐다. 춘자의 말은 '나'의 기억을 환기하고, 그 기억으로부터 다시 '두 시간 전의 골목'이 재구성된다. 갑자기 튀어나온 15년 전의 빵 한 조각은 진행하는 문장이라는 비탈을 타고 굴러떨어지면서 가파른 비대칭을 형성한다.

급작스런 시차는 종종 현기증을 발생시킨다. "갑자기 귓속에서 춘자들이 / 미친 듯 날뛰기 시작"(「호텔 캘리포니아」)하는 순간, 이 돌연한 순간의 기묘한 불안이야말로 시인의 문장을 나아가게 만드는 가장 중요한 동력이다. "춘자를 연기했던 여배우는 현기증을 집중시킨다"(「여배우의 외출」)는 부분과 함께 "지금, 여자는 가벼워지고 있다 끓는 물처럼 타오르며 통증보다 더 빠르게 여자는 빛나는 구름 위로 뭉개진 사과를 올려놓는다 스카프를 매고 의자를 차버린다"(「현기증」)와 같은 부분에 주목하자. 마치 텅 빈 무대에서 모든 타인과 무관하다는 듯 냉담하고 무표정하게 서 있는 인물들은 우연히 솟는 기억이 여러 착각으로 전환되는 순간의 현기증에 사로잡힌다. 현기증은 정해진 역할을 연기하듯 강고한 일상의 틀에 갇힌 사람이 끓는 물처럼 타오르며 불안한 자유를 향해 가볍고 빠르게 발을 내딛기 시작하는 순간의 징후다.

B-b **냄새와 소리**

현기증이 다른 존재를 향한 발걸음을 시작하는 순간의 징후라면 냄새와 소리는 그 진행 과정에 박힌 구체적 연결점이다. 마치 타임테이블에 놓인 레이어에 촘촘히 박힌 키프레임들처럼 다양한 냄새와 소리의 감각들이 시집 전반에 배치되어 다양한 전환점의 역할을 한다. 냄새와 소리를 징검다리 삼아서 시간은 늘어나다가 줄어들고, 대상은 투명해졌다가 불투명해진다. 단어와 문장과 대상 들은 이 감각의 자질을 따라 변화의 방향을 조절한다.

좁은 골목에 냄새가 자글자글했습니다 바람이 불어오면서 냄새를 쓸어내지만 너무 많습니다 침대는 뭉개졌고 창문 하나 없는 붉고 물렁물렁한 얼굴들은 힘겹게 그르렁거렸죠 *거기 잘 계시나요?* 늙은 아카시아는 마른 비늘을 털며, 꽃들을 잘라냈습니다 꽃을 집으면 꽃은 사라지고 냄새만 남았습니다 고양이가 냄새를 밟으며 걸어 다닙니다 그르렁거리면서 좁은 골목이 사라지고 있습니다

—「냄새의 식욕」 부분

자글자글한 냄새는 골목이라는 공간을 환기한다. 냄새의 이동 경로를 따라 단어와 이미지 들은 다른 대상으로 번진다. 바람을 타고 번지는 냄새는 물렁한 얼굴들로 건너갔다가 늙은 아카시아와 고양이로 이동한다. "꽃을 집으면 꽃은 사라지고 냄새만 남았습니다"와 같은 부분은 시인의 이러한 시적 전략을 잘 담고 있다. 시인은 대상을 포착하여 묘사하려는 노력 대신 냄새를 전환점으로 삼아 그것의 다양한 자질들이 변화하는 모습을 우리에게 보여준다. 마치 "고양이가 냄새를 밟으며 걸어" 다니는 것처럼 그의 시편들에는 냄새를 따라

걷는 산책자의 자세가 드러난다.

"젖은 재의 몽롱한 냄새"(「녹의 시간」)는 '강렬한 유혹'(「춘자의 유혹」)의 자취가 되었다가 "썩어가는 열매"의 "집요한 냄새"(「바다 끝 바다 저편, 롤러코스터」)나 "살기만 남은 냄새"(「냄새의 식욕」)로 바뀐다. 그러다가 냄새는 사그라들고 마침내 "냄새가 해체된 자국"(「초콜릿 상자를 들고 가는 춘자의 너무 느린 나선형」)만 남기도 한다.

소리도 유사한 전환점의 역할을 한다. 예컨대 시집의 곳곳에 분포한 '비명' 소리를 발판으로 삼아 시집을 읽을 수도 있을 것이다. 「죽은 자들의 허기」에서 터져 나오는 "날 선 비명"이 「굿바이, 포도밭」에서는 어떻게 "더 이상의 비명을 허락하지 않"는 지경에 이르게 되는지, 또는 「식탁의 온도」에서 "출처를 알 수 없는 돌멩이들의 맹렬한 비명"이 어떻게 '비명조차 지를 수 없는 상황'(「목탄으로 그린 달은 축축한 눈을 뜬다」)으로 연결되는지 살펴볼 수 있다. 다른 소리의 감각들도 마찬가지다.

B-c **춘자를 연기하는 춘자를 바라보는 춘자를 만나러 춘자로 향하는 춘자**

"춘자를 연기했던 여배우"(「여배우의 외출」)에서 춘자는 배우가 연기해야 하는 이미지에 불과하지만 "춘자는 따뜻한 블랜디를 마시며 뒤죽박죽 엉켜 있는 머리카락을 정리한다"(「금요일 밤의 불운」)와 같은 부분에서는 실제 등장인물이 된다. 나아가서 "춘자가 총에 맞을 때 그녀는 TV 쇼를 보고 있다는 착각에 빠진다"(「춘자 혹은 비디오 아트」)와 같은 부분으로 나아가면 TV 속에 등장하는 춘자와 그것을 바라보고 있는 춘자로 분화한다. 이런 식으로 춘자는 '나'의 옆에서 실제로 웃고 말하는 '당신'이었다가 배우였다가 배우를 바라보는 독자였다가 심지어 장소나 어떤 문장 속의 자취가 된다. 우리는 시인이 마련한 갖가지 레이어의 다양한 진행 속에서 때로는 춘자가 된 기분으로, "춘자를 보며 중얼거리는 춘자"(「춘자의 구경」)처럼 춘자를 떠올릴 수도 있고, 춘자를 바라보는 춘자가 된 기분으로 춘자들을 구경할 수도 있다. 이런 과정에서 춘자가 무수한 관계의 접점을 지닌 서로 다른 춘자들로 진화하는 것처럼 우리도 새로운 관계의 접점을 체험하고 직접 상상할 수 있는 힘을 얻게 된다.

우리는 지금 서로 다른 레이어의 중첩을 상정하고 있다. 만약 이런 설명이 가능하다면 레이어B는 레이어A의 변화 과정의 포인트가 되는 셈이다. 키프레임의 역할을 수행하고 있는 각각의 전환점들을 거치며 수축하던 시간은 정지했다가 다시 늘어나기도 하고, 멀어졌던 초점은 잠시 쉬다가 다시 급격히 가까워지기도 한다. 이 과정에서 대상들은 함께 뒤섞이고 때로는 그룹으로 묶이며 제각각 다른 방식으로 정렬되기도 한다. 서로 다른 평면을 입체적으로 교차하는 감각을 따라 결국 대상들은 단번에 규정할 수 없이 불투명해진다. 다시 말하자면 각각의 개별적 춘자, 이 평면에 놓인 주체는 춘자들과 여자들, 나아가서 사람과 규정할 수 없는 존재로 조금씩 나아가게 된다. 앞서 이미 나는 이것을 '수없이 많은 면을 지닌 다면체'라고 표현했다. 시인은 지금 이 입체파 춘자씨의 형성 과정을 우리에게 내밀고 있다. 그러니 춘자란 누구인가라는 질문은 시인이나 독자 모두에게 별다른 효용이 없을 수밖에 없다.

이 독특한 시집을 설명하기 위하여 지금 나는 한 가지의 방법을 제시하고 있다. 시집의 구석구석에는 시인이 자신의 언어와 문장을 새롭게 구성하기 위한 고투가 숨어 있다. 야심 찬 이 시집에는 앞서 언급한 프루스트와 벤야민뿐 아니라 보르헤스와 조이스와 쿤데라를 포함한 수많은 사람과 그들의 텍스트를 향한 탐색의 흔적들이 역력하게 드러난다. 예컨대 "*지금부터 당신 이름은 알렙이야/다른 이름은 필요없어*"(「아직도 빗물이 흘러내리는 우산과 알렙이 앉았던 의자」)와 같은 부분이나 "*그런데, 왜 춘자였어요?/더 달콤하고 거친,/도미니크 스웨인 춘자나 럼 텀 터거 춘자 같은 우아하고 되바라진 이름은 없었나요?*"(「C의 때늦은 저녁 식사」)와 같은 부분을 함께 읽으면 시인이 춘자를 하필 '춘자'라고 하기까지의 복잡한 심경에 조금 더 다가갈 수도 있을 것 같은 기분이 들어서 재미있다. 그렇지만 춘자라는 이름이 중요하지 않다고 해서 입체파 춘자씨의 매력이 떨어지는 것은 전혀 아니다. 더불어 무수한 다면체와 같은 춘자들이 점점 더 불투명하게 바뀐다고 해서 인간에게서 멀어지며 가상의 공간을 부유하는 어떤 캐릭터와 같이 변모하는 것도 전혀 아니다. 시인의 이런 시도는 오히려 셀 수 없는 가능성을 지닌, 복잡하고도 알 수 없으며 때로는 기괴한 충동에 시달리며 불안에 가로막히는 우리 모두의 상상력을 자극하고 응원한다.

바탕화면 2

입체파 춘자씨가 시집 전체에서 점점 윤곽을 넓힐수록 개별 주체들의 모습은 더 흐려진다. 그렇지만 이들의 모습은 완전히 사라지지 않는다. 오히려 이들의 자취는 바탕화면에 깔린 채로 시의 배후를 떠돌면서 춘자씨의 입체적 에너지를 더 강화한다.

우연이지만, 춘자는
춘자의 마리오네트를 조종하는 기분이 든다
춘자는 이 끝없이 반복되는 인형극을

춘자의 의견이라 이름 붙인다

—「춘자의 의견」 부분

마리오네트는 관절에 실을 묶어 조종하는 인형이다. 무대 위에서 춤을 추고 행동하는 마리오네트 인형은 반드시 보이지 않는 곳에서 그것을 조종하는 사람(pupeteer)이 있게 마련이다. 그런데 춘자라는 인형을 조종하는 주체는 바로 춘자라는 사실을 떠올릴 필요가 있다. 조종하는 주체와 조종당하는 주체의 완강한 분리는 이 시집의 문장이 계속 진행할수록 희미해진다. 시차 속에서 발생하는 복잡한 뒤섞임과 혼합 작용 속에서 기존의 순서는 사라지고 시작과 끝은 도저히 구분할 수 없는 지경에 이른다. 각각의 현상들이 새로운 현상을 이끌고 지지한다. 더불어 우리는 그 배후에서 우리를 닮은 다양한 인간의 초상이 엷게 비치는 것을 감지할 수 있다.

'육교 손잡이를 잡고 있는 한 여자가 수만 개의 붉은 알을 쏟아'(「사나운 연어 떼가 밀려갔다」)내는 장면이나 '비좁은 방에 모여 기도를 하는 어머니들'(「식탁의 온다」)의 모습이나 '곧 추락을 준비하는 1407호 남자'(「납의 기록」)의 모습들은 신축적인 시간의 짧은 순간들 속에 잠깐씩 점멸한다. 누군가는 이들을 통해 현실의 일부 장면들을 환기할 수도 있을 것이다. 그렇지만 아마 이들의 분명한 모습을 찾으려는 노력은 대개 난

관에 빠질 가능성이 크다. 결국 입체파 춘자씨의 초상은 아무런 시선에 포함되지 못한 채, 세계의 이곳저곳에서 조금씩 흐려지고 있는 이들이 수백 겹으로 겹쳐진 몽타주와도 같다. 따라서 이곳에서 펼쳐지는 각각의 무대는 분명한 등장인물이 없을 수밖에 없다. "완벽한 연극이란/배우 없는 순수한 연기가 아닐까요"(「죽은 자들의 허기」)라는 시인의 말에 이제 한 걸음 더 다가설 수 있을까.

없는 손이 무언가를 잡으려 한다
손이 없다고 충고하지만,
움켜쥔 사과는 복도 끝으로 굴러간다

어제 분실물 보관소에서
손을 찾아가라는 전화가 오기도 했다:
당신의 없는 손과
동일한 부피와 냄새를 가졌다며,
수화기 너머 공무원이 강경하게 말했다

그러나 없는 손은
모른 척 열심히 자판을 두드린다

*

없는 손은 밤이 아니라도
언제나 밤일 뿐인 막다른 골목 혹은

상처 없는 통증

나는 그것을 증명하기 위해
매일 사과를 놓치고 있다

—「없는 손」 부분

개별적인 사람의 초상에 몰입하기보다 차라리 구체적인 '손'과 같은 것을 떠올리는 것이 더 좋겠다. 손은 없지만 무언가를 잡으려는 행위와 구체적인 자세는 끊임없다. 시인의 시 쓰기는 오직 상처로 통증을 증명해야 한다고 말하는 사람들을 향한 끝없는 질문과도 같다. 시인은 동일한 부피와 냄새라는 증거를 강경하게 내미는 사람에게 '없는 손'과 '상처 없는 통증'을 증명하기 위하여 위해 끊임없이 자판을 두드린다. 아마 앞으로도 시인은 사과를 놓치기를 멈추지 않을 것이다.

한편 시집의 배후에는 '막다른 골목'을 걷는 사람들의 초상이 계속 어른거린다. 야근이 끝났지만, 밤의 어두운 모퉁이를 여전히 어슬렁거리며 5분 후의 죽음을 떠올리는 이 지하 생활자들을 시인은 특정한 기준에 따라 함부로 측량하지 않는다. 그는 먼 곳에서 뒷짐을 지고 자기만의 시선으로 이들을 구경하거나 제멋대로 구획하려는 자세에서 벗어나 수많은 춘자들이 섞이고 부딪치며 함께 반응할 때의 여러 가지 반응과 작용에 더 주의를 기울인다. 고정된 격과 위치를 탈피하면서 계속 미끄러지는 그의 언어들은 실체화된 '나'를 규정하려는 욕망에서 벗어나 아직 맺히지 않은 존재의 수많은 틈새로 스민다.

자, 여기 오기 전,
식탁 위에 무엇이 있는지 생각해보세요
이른 시각이지만 인형이 있고,

인형의 찢긴 헝겊과 잘린 머리가 있습니다 냉동실의 얼음처럼 지루한 접시와 숟가락—아직 신문은 인쇄되지 않았군요

손에는 수첩과 연필, 서랍이라 불리는 이야기의 첫 문장이 있습니다 젖은 신발과 왜소한 날씨, 검정보다 더 어두운 고양이도 눈에 잘 띄는 곳에 있습니다 그리고 느닷없이 전화가 걸려옵니다 무관심에도 균형은 있어야 합니다

인터뷰를 상상하며 사람들은 창문 안쪽이나 햇빛 가장자리를 어슬렁거립니다 옷매무새를 고치거나 화장을 하는 사람도 있군요 하지만 시간이 다가오자 사람들은 외웠던 안부를 모조리 잃어버립니다 반송된 우편물의 주인이 모호하듯 말이죠

단체 사진을 찍어대는 관리들은
누구를 향해 웃고 있을까요 그 너머에 감춰진 표정은
어떤 인내심을 갖고 있을까요

자, 여기 오기 전 당신은 식탁 위에 무엇이 있는지 기억해야 합니다

오늘이라는 매우 낭만적인 하루를 위해 그리고 당신과 상관없이 잠겨
버린 문과

당신 몫이 아닌 증오를 위해

—「무관심의 균형」 전문

적어도 이 시집에서 더 이상 시인은 인형 조종자(pupeteer)가 아니다. 시 속의 등장인물들은 함부로 분절되어 입맛에 맞게 요리할 수 있는 대상이 아니다. 심지어 그렇게 함부로 잘린 인형들은 식탁을 벗어난 사람의 기억에서 금방 사라진다. 인형과 같은 대상의 통증은 이런 식으로 철저히 관심의 대상이 되지 못한다. 무관심 속에서 생생한 감각을 잃고 깊은 망각의 어둠으로 흩어지는 모든 사물과 대상과 그것을 바라보는 모든 이에게 시인은 기억을 요청한다. 기억해야 한다는 시인의 외침에는 시간의 흐름 속에 묻혀 단 한 번도 기록되지 못하고 금방 잊히는 사건들과 단체 사진 속으로 휘발되는 장소들에 관한 절실함이 담겨 있다.

특히 이 시에는 방금 전 식탁 위에 무엇이 있었는지도 기억하지 못하는 사람들과 관리들의 인내심이 대비를 이루고 있다는 사실에 주목하자. 지나치게 짧은 망각의 순간과 감춰진 표정의 한없는 늘어짐. 이동하는 초점을 따라 속도의 차이와 변화가 발생하고, 그 속에서 인물과 대상의 관계는 점점 무디

어진다. 지금 시인은 더는 서로에게 반응하지 못하는 대상들이 균형을 회복하고 다른 리듬을 만들기를 촉구하고 있는 것은 아닐까. 균형이라는 말을 반드시 똑같은 무게를 지닌 대상의 비교와 측량이라는 좁은 뜻에 가둘 필요는 없을 것 같다. 이 시에서 균형은 각 부분의 힘과 긴장이 다른 부분들과 충분히 조화를 이루며 스스로 리듬을 찾는 상태로 이해하는 것이 더 적절할 것 같다. 시의 마지막 부분은 이런 균형을 잃어버릴 때 문이 잠기고 그 뒤에서 증오가 더 커질 수 있다는 암시를 내포한다. 이를 통해 화자의 요청은 더욱 묵직하고 서늘해진다.

렌더링

시집의 문장들은 갈라졌다가 접히고 한없이 늘어지다가 수축하면서 무수한 굴곡과 평면 들을 만든다. 이 한 권의 시집은 그 수많은 내재성의 곡선과 평면이 증식하는 과정을 그대로 품고 있다. 찰나의 순간에서 무한한 연장으로 휘어지는 그 말의 접점들 속에서 우리는 아득한 현기증과 함께 인간과 사물에 대한 익숙하면서도 낯설고, 기묘하면서도 놀라운 전망을 감지할 수 있다. 여러 시편 중에서도 「알려지지 않은 문자들의 세계」는 앞서 언급한 요소들을 상당히 많이 품고 있는

결정적인 작품이라고 할 수 있겠다. 한마디로 이 시는 계속 진행하고 있는 시집의 한가운데에서 교차하는 여러 레이어들을 렌더링한 결과물과도 같다.

가벼운 "두 개의 농담"으로부터 이 시는 시작한다. 가벼운 전주곡처럼. 여러 개의 악장을 지닌 이 긴 시는 이처럼 가벼운 문자들의 스침으로부터 문득 시작한다. 그렇지만 돌연하게 솟은 농담은 곧 "문자로 이뤄진 국가"의 상상력으로 넘어간다. 하나의 말이 무수한 문장으로 증식하듯이 사물과 모든 존재들은 문자의 굴곡을 사이에 두고 계속 겹치고 접히며 수많은 주름을 발생시킨다.

상아를 가른 주름을 봐,
바람과 땅을 갈랐던 그 묵직한 '겹침', '난파', '혼돈'을
아니면
늙은 거북이들이 지껄인 '농담'을

이방인을 쳐다보는 검은 히잡 속 시선과 한없이 가벼운 웃음의 교차, 그리고 사소한 농담 속에서 시인은 시간의 신축성을 조절하며 단번에 기원전 220년의 알렉산드리아 도서관의 상상력으로 내달린다. 가까운 쪽에서 먼 쪽으로 초점은 순식간에 이동하고 투명한 것과 불투명한 것들은 교차한다. 접혔다가 펴지는 이 단순한 장면의 반복은 다른 다양한 주름의 가능성을 잉태한다. "백과사전풍의 밤과 낮"은 미분화한 시간의 반복을 암시한다. 몇 개의 단어가 언젠가 사전을 이루듯 수많은 주름이 발생할 수 있는 운동성도 무한하다.

빨라졌던 박자가 다시 되돌아오고 멀어졌던 초점은 "백과사전 안쪽"과 '코끼리'로 좁아진다. 지금 시인의 모든 고투는 고정된 사전의 개념을 뒤흔드는 것. "백과사전은 사실과 멀어질 때/오히려 '사실'에 가장 가깝"다는 말을 행간에 거대한 코끼리가 뛰어다니는 상상력으로 연결하는 장면도 매력적이지만 다시 "행간은 코끼리의 춤이자 무덤이며 사물의 무한이자 꿈"이라고 표현하는 부분에 이르면 더 미세한 균형 감각을 엿볼 수 있다. 두 개의 농담이 "두 개의 화살"이 되어 쏜살같이 날아간다. 움직이는 말이 얼마나 가속을 지니는지 우리는 익히 알고 있다. 또 그 사이에서 본래의 말들은 얼마나 어긋나는가. 우리는 그 무수한 틈새들 사이에서 끊임없이 잠들고 깨어나기를 반복한다. 신축적인 시간 속에서 짧게 교차하던 밤과 낮이 긴 백야의 리듬으로 바뀌는 것처럼 계속 겹치며 접히던 말과 사물들 사이에는 가깝고도 무한하게 먼 간격이 깃든다. 그 틈새에서 계속 춤추고 떠들고 고통에 잠기다가 마침내 죽음에 이를 수밖에 없는 우리에게 어쩌면 그것은 닿을 수 없는 꿈과도 같다. 그렇지만 시인은 그 무한의 간격을 향한 춤을 멈출 생각이 없다.

"바빌로니아 사람들은 태양이 폭발할 때 떨어져 나갔던 혹점들이 코끼리의 기원이라 믿었다 그러므로 코끼리가 갈 수 없는 곳은 존재하지 않았다 이것은 꿈꾸는 자의 오래된 관습이다"와 같은 부분에서 이러한 시인의 태도를 더 잘 느낄 수 있다. 지금 시인은 코끼리가 갈 수 없는 곳은 존재하지 않는다는 자세로 행간을 향해 파고든다. 그 힘에 의해 단어와 대상과 주체는 밀리고 뒤틀리다가 한곳으로 쏠리기도 하면서 다양한 변화를 겪는다.

행간에서 뛰어다니는 코끼리의 춤을 바라보는 것도 매력있지만 다른 한편에 '붉은 여우'가 짝을 이루고 있다는 사실은 이 시의 매력을 더욱 배가시킨다. "당신은 붉은 여우의 눈빛을 닮았습니다 그래서 당신을 '붉은 여우의 달'이라 부르겠습니다"라는 부분에서 알 수 있듯이 '붉은 여우'는 당신과 겹쳐진다. 그런 "당신은 코끼리의 살과 뼈를 해체"하고 "들소에서 선線을 해체"하며 "어금니가 튼튼한 짐승에서 공포와 분노를 해체"한다. 공포에 시달리며 분노에 사로잡혀 행간을 뛰노는 모든 초상의 맞은편에는 그것을 해체하는 붉은 여우가 있다. 따라서 '코끼리-붉은 여우'의 구도는 '나'와 '당신'의 접점에서 시작하여 모든 분노에 시달리는 모든 존재와 그것을 해체하는 맞은편의 다른 존재의 관계로 확장된다. 시인은 "메타포를 쓸 때는 조심해야" 한다는 태도로 단순한 비유를 경계하면서 이처럼 낯설고 경쾌하며 도발적인 구도를 만든다. 그리고 이런 구도는 신축적인 시간의 조절을 통해 다양한 반복의 가능성을 획득한다. 갈라졌다가 만나고 접혔다가 펴지는 이 무한한 주름의 운동 속에서 우리의 불안과 공포와 알 수 없는 분노들은 조금씩 다른 곳으로 뻗을 용기로 바뀐다.

'짐승을 쫓는 꿈을 꾸는 붉은 여우'와 '붉은 여우의 달을 찾는, 해시시에 취한 코끼리'들이 영원히 뒤엉키는 순간, 그 사이의 아득한 공백을 향해 그의 문장들은 끝없이 뒤섞이며 교차하기를 멈추지 않을 것이다. 시집의 특성상 개별 시들을 자세하게 인용하여 소개하기 어려운 아쉬움은 이 시를 건네는 것만으로도 상당히 해소할 수 있을 것 같다. 공포와 분노에 휩싸인 존재를 바탕화면에 둔 채 이동하는 초점을 따라 흐려지고 뚜렷해지는 대상들이 "이방인의 낯선 냄새"와 "무거운 북소리"와 "경쾌한 클라리넷" 소리를 접점으로 삼아 미끄러지고 뒤엉키며 결합했다가 해체하는 과정을 한꺼번에 렌더링하는 이 시에는 박성현 시인의 진가가 담겨 있다. 거듭 읽을 때마다 낯설고 도발적이며 새로운 레이어들이 나타나는 이 시는 이 한 권의 시집을 많이 닮았다. 더 많은 당신들의 새로운 렌더링을 기대한다.

문예중앙시선 56

유쾌한 회전목마의 서랍

초판 1쇄 발행 | 2018년 4월 16일

지은이 | 박성현
발행인 | 이상언
제작총괄 | 이정아
편집 | 송승언
디자인총괄 | 이선정
디자인 | 김미소

발행처 | 중앙일보플러스(주)
주소 | (04517) 서울시 중구 통일로 92 에이스타워 4층
등록 | 2008년 1월 25일 제2014-000178호
판매 | 1588 0950
제작 | 02 6416 3933
홈페이지 | www.joongangbooks.co.kr
페이스북 | www.facebook.com/hellojbooks

ISBN 978-89-278-0931-9 03810

• 이 책은 저작권법에 따라 보호받는 저작물이므로 무단 전재와 무단 복제를 금하며 책 내용의 전부 또는 일부를 이용하려면 반드시 저작권자와 중앙일보플러스(주)의 서면 동의를 받아야 합니다.
• 책값은 뒤표지에 있습니다.
• 잘못된 책은 구입처에서 바꿔 드립니다.
• 이 시집은 2013년 서울문화재단 창작기금 수상 작가의 작품입니다.

문예중앙은 중앙일보플러스(주)의 문학 단행본 브랜드입니다.

문예중앙시선 목록

01	조연호	농경시
02	여정	벌레 11호
03	김승강	기타 치는 노인처럼
04	송재학	진흙 얼굴
05	김언	거인
06	박정대	모든 가능성의 거리
07	이경림	내 몸속에 푸른 호랑이가 있다
08	안현미	곰곰
09	이준규	삼척
10	이승원	강속구 심장
11	강정	활
12	이영광	그늘과 사귀다
13	장석주	오랫동안
14	최승철	갑을 시티
15	강연호	기억의 못갖춘마디
16	홍일표	매혹의 지도
17	유안진	걸어서 에덴까지
18	임곤택	지상의 하루
19	박시하	눈사람의 사회
20	문정희	카르마의 바다
21	임선기	꽃과 꽃이 흔들린다
22	고운기	구름의 이동속도
23	장승리	무표정
24	우대식	설산 국경
25	김박은경	중독
26	박도희	블루 십자가
27	허만하	시의 계절은 겨울이다
28	고진하	꽃 먹는 소

29	권현형	포옹의 방식
30	위선환	탐진강
31	최호일	바나나의 웃음
32	심재휘	중국인 맹인 안마사
33	정익진	스캣
34	김안	미제레레
35	박태일	옥비의 달
36	박장호	포유류의 사랑
37	김은주	희치희치
38	정진규	우주 한 분이 하얗게 걸리셨어요
39	유형진	우유는 슬픔 기쁨은 조각보
40	홍일표	밀서
41	권기덕	P
42	김형술	타르초, 타르초
43	조동범	금욕적인 사창가
44	조혜은	신부 수첩
45	성윤석	밤의 화학식
46	박지웅	빈 손가락에 나비가 앉았다
47	신동옥	고래가 되는 꿈
48	송종찬	첫눈은 혁명처럼
49	최규승	끝
50	임곤택	너는 나와 모르는 저녁
51	이정란	이를테면 빗방울
52	김연아	달의 기식자
53	이승희	여름이 나에게 시킨 일
54	이순현	있다는 토끼 흰 토끼
55	임재정	내가 스패너를 버리거나 스패너가 나를 분해할 경우
56	박성현	유쾌한 회전목마의 서랍